BRIGITTE WOLF

GESCHICHTEN ZUR WEIHNACHTSZEIT

ISBN 978-3-7322-8366-8

Herstellung und Verlag

Books on Demand GmbH Norderstedt

www.bod.de

Einbandgestaltung

Philipp Wolf

Danke!

Meiner Familie habe ich es zu verdanken, dass ich Freude daran habe, Geschichten zu erfinden. Gemeinsames Beisammensein, besonders in der Adventszeit, verbunden mit vorlesen, das hat die Schreiberei ins Rollen gebracht. Das interessierte, aber auch kritische Zuhören meiner Lieben hat mir immer wieder Mut gemacht, weiterhin zu schreiben.

Besonderen Dank möchte ich dem Illustrator, meinem Enkel Philipp Wolf, aussprechen, für die schöne Einbandgestaltung.

Brigitte Wolf

Fantasie ist die Gabe, unsichtbare Dinge zu sehen.
Jonathan Swift, irischer Schriftsteller, 1667-1745

Ein Kind zu Weihnachten

Die große Stadt war mit einer dichten Schneedecke bedeckt. Viele Leute, besonders aber die Kinder, freuten sich darüber. Teilweise sah es ja auch wirklich hübsch aus. Nicht so sehr in der Innenstadt wo viel Verkehr ist. Da wird ja der Schnee schnell zu einem unansehnlichen Brei. In den Außenbezirken aber, da war es schön. Die Bäume, Sträucher und Zäune sahen wie verzaubert aus. Die Häuser, die hier draußen kleiner waren, wirkten unter dem Schnee ein bisschen geduckt. Und wenn dann in der Dämmerung die ersten Lampen hinter den Fenstern leuchteten, sah alles ganz romantisch aus.

Ja, der Winter konnte schön sein, wenn man die Möglichkeit hatte, ihn zu genießen. Es gab aber auch eine Menge Leute, die gar nichts von Schnee und Eis hielten. Die Autofahrer waren alles andere als begeistert. Schlimmer ging es aber den Menschen die behindert waren. Sie hatten schon bei gutem Wetter ihre Not. So auch Herr Hansen aus der Kirchgasse 1. Er war blind. Aber Herr Hansen schimpfte nicht über den Schnee. Es hatte ihn wohl überhaupt noch nie jemand über etwas schimpfen oder klagen gehört.

Er wohnte am Rande der Stadt. Hier fühlte er sich wohl, denn es war schön ruhig. Er lebte im Haus von Frau Schröter, einer Witwe. Sie hatte sich seiner angenommen, kaufte für ihn ein und besorgte seine Wäsche. Wenn Herr Hansen am Abend zuhause war, kam sie oft zu ihm oder er besuchte sie. Dann wurde viel erzählt oder Frau Schröter las aus der Zeitung oder einem Buch vor. Außerdem wohnten im Haus noch das Ehepaar Müller. Sie waren vor drei Jahren dort eingezogen. Damals war Herr Müller gerade arbeitslos und sie brauchten eine preiswertere Wohnung. Frau Schröter bat sie, sich doch um das Haus und den Vorgarten zu kümmern, denn alles zusammen wurde ihr ein bisschen viel. Die Müllers zogen erfreut ein und zwischen allen hatte sich im Laufe der Zeit eine richtige Freundschaft entwickelt.

Einmal im Monat kam man bei Frau Schröter zusammen. Da wurde erst einmal gemütlich zu Abend gegessen und dann kam das Schönste. Herr Hansen spielte auf dem Flügel für alle die wunderbarste Musik. Er hatte alle Melodien im Kopf, spielte sie mühelos und seine Freude dabei war ansteckend. Hin und wieder überraschte er sie alle auch mal mit einer eigenen Komposition. Es waren immer ganz besonders schöne Abende und zwischen ihnen war mit der Zeit echte Freundschaft und eine frohe Hausgemeinschaft entstanden.

Es war der Tag vor dem Heiligen Abend, und noch jeder in der Kirchgasse hatte mit den Festvorbereitungen zu tun. Man wollte Weihnachten zusammen verleben und aus den Küchen zogen die herrlichsten Gerüche durch das Haus. Herrn Hansen, der sich zum Fest mal wieder eine neue Komposition ausgedacht hatte, beendete sein Werk und brach dann auf, um einen erholsamen Abendspaziergang zu unternehmen.

*****

Es gab aber jemanden in der Stadt, der so gar nichts vom schönen Winterwetter oder der Vorfreude auf das Weihnachtsfest hatte. Das war der elfjährige Frank. Er wohnte mit seinem Vater in einem herunter gekommenen Viertel der Stadt. Hier waren Schnee und Winterwetter nicht willkommen. Die Straßen waren verdreckt, das machte der Schnee auch nicht besser und die Kälte bedeutete nur, dass die Wohnung von Frank noch ungemütlicher war, denn sein Vater, oftmals betrunken und dann schlecht gelaunt, heizte die alten Öfen kaum.

Frank war noch nie in seinem Leben wirklich glücklich gewesen. Seine Mutter hatte den Vater und ihn verlassen als er noch ein kleines Kind war. Er hatte nie herausbekommen, weshalb sie das getan, oder sie ihn nicht wenigstens mitgenommen hatte. Der Vater kümmerte sich kaum um ihn. Er war meistens damit beschäftig Schnaps- und Bierflaschen zu leeren. Frank war eigentlich immer mit sich allein und oft sehr traurig. Was hatte er schon alles getan, um des Vaters Aufmerksamkeit oder gar Zuneigung zu erringen. Nichts half, er war ihm ganz gleichgültig. Sein Schicksal war auch nie jemandem wirklich aufgefallen. Die Hausbewohner kümmerten sich darum und auch vom Jugendamt, eigentlich zuständig für Vernachlässigung bei Kindern, hatte sich nie jemand bei ihnen sehen lassen.

Oft musste er ohne Frühstück zur Schule. Und auch hier, war er seinem Klassenlehrer offenbar gleichgültig, denn zumindest der hätte den Zustand des Jungen erkennen müssen. Seine Mitschüler mochten ihn nicht. Er hatte immer schlechte Kleidung an, die häufig kaputt oder schmutzig war und wurde deshalb gemieden. Nie hatte ihm jemand zuhause beigebracht, wie man sich zu benehmen hätte. So machte er sich mit seinem Verhalten ständig Probleme. Meistens fiel er jedoch unangenehm auf, weil er nur einmal etwas mehr Beachtung von den anderen haben wollte. Natürlich war das absolur kontraproduktiv, denn dadurch wandten sich seine Mitschüler erst recht von ihm ab und bei den Lehrern macht er sich damit noch weniger beliebt.

Verständnis für sein Verhalten fand er nicht, Hilfe in seiner traurigen Lage noch weniger.

Am Morgen des 23. Dezember war es für ihn ganz besonders schlimm. Der Vater hatte eine unerträgliche Laune. Zu essen war überhaupt nichts da, aber Frank hatte Hunger als er von dem Geschimpfe und Gepolter seines Vaters geweckt wurde. Es war noch beinahe dunkel, also wohl noch früh. Ängstlich zog er sich rasch an und dachte daran, wie sich die Kinder seiner Klasse auf das Weihnachtsfest gefreut hatten. Er konnte sich nicht freuen, denn er wusste genau, sein Vater würde keinen Baum für ihn schmücken oder ihm etwas schenken. Als er aus dem kalten Zimmer in die ebenso kalte Küche kam, schnauzte der ihn auch gleich an.

„Du nichtsnutziger Bengel, ein Langschläfer und Faulenzer bist du. Das Bier ist alle. Los, geh welches holen!"

„Aber Vater, ich habe doch noch gar nichts gegessen. Soll ich uns nicht lieber etwas zum Frühstück kaufen?"

Der Vater war jedoch nicht daran interessiert, dass sein Sohn frühstücken wollte. Er schlug wütend auf ihn ein, so dass der Junge lang hinfiel. Er schlug mit dem Kopf am Herd an und verstauchte sich beim hinfallen das Handgelenk. Sein erschrockes Weinen löste kein Mitleid aus. Wieder schlug der Vater nach ihm, zog ihn am Kragen hoch, schüttelte ihn durch, gab ihm 5 Euro zum Bier kaufen und warf ihn aus der Wohnungstür. Der Junge fiel hart gegen das Treppengeländer und verlor dabei das Geld. Hinter der Wohnungstür brüllte der betrunkene Vater, er solle sich gefälligst beeilen mit dem Wiederkommen und donnerte mit der Faust von innen gegen die Tür.

Verzweifelt schluchzend vor Schmerz und Kummer saß der Junge auf der Treppe. Keine Wohnungstür ging auf, niemand half ihm. Dabei hatte der Vater derart laut getobt, dass man es im ganzen Haus hören konnte. Und die Nachbarn hatten gewiss mitbekommen, dass er das den Sohn aus der Wohnung geworfen hatte. Aber niemand interessierte sich dafür.

Während Frank nun weinend auf der Treppe saß und sich zu beruhigen versuchte, merkte er plötzlich, dass er das Geld verloren hatte. Voller Schrecken fing an danach zu suchen. Aber die Hausflurbeleuchtung war kaputt, er konnte nicht genug sehen, außerdem hatte er immer noch Tränen in den Augen. Er suchte jede Treppenstufe ab, aber er fand nichts. Das schemenhafte Licht der Straßenlaternen war die einzige mangelhafte Beleuchtung. Der Flur war ja beinahe dunkel und er brauchte einige Zeit für seine Suche. Plötzlich hörte er seinen Vater wieder in der Wohnung wüten. Er brüllte herum und Frank konnte hören, wie er rief, er wolle dem verflixten Bengel beibringen, sich zu beeilen. Schon ging die Tür auf und der Vater kam heraus. Frank wusste genau was kommen würde, wenn er ihn nun fand, ohne Bier und ohne Geld. Es würde noch mehr Schläge für ihn geben, und er hatte doch schon Schmerzen. Das rechte Handgelenk wurde dick und an der Stirn hatte er eine große Beule Jetzt kam der Vater schon die Treppe herunter gepoltert. Die unsicheren Schritte des Betrunkenen trampelten auf den Stufen und er brüllte wieder nach dem Jungen, der kein Bier gebracht hätte. Da bekam er so große Angst, dass er einfach davon lief.

Er sprang die Treppe hinunter, riss die Haustür auf und lief und lief, bis er gar nicht mehr wusste, wo er nun eigentlich war. Nur fort, egal wohin. Mit der Zeit wurde ihm kalt. Niemand bemerkte auf der Straße, dass dort ein unglückliches und frierendes Kind herumlief. Er kam in eine große Geschäftsstraße. Dort ging er in die Kaufhäuser, da war ihm immerhin warm. Sehnsüchtig sah sich alle Auslagen an. Die vielen schönen Dinge, von denen er doch auch einige gern gehabt hätte. Aber er hatte ja nicht einmal Geld, um sich wenigstens ein trockenes Brötchen zu kaufen. An Spielzeug oder hübsche Kleidung war erst gar nicht zu denken. Schicke Wintersachen hingen da. Solche, wie sie Jungen aus der Schule täglich trugen. Und er sah traurig an sich herunter, betrachtete verschämt seine alten Klamotten, die nicht einmal ganz waren und schon gar nicht warm. So verbrachte er den ganzen Tag, ging von einem Kaufhaus zum nächsten, um wenigstens nicht zu frieren. Aber irgendwann schlossen alle Läden. Wieder war er draußen in der Kälte und lief einfach weiter herum. Eigentlich konnte er ja gar nicht mehr laufen. Er war hungrig, müde und es fror ihn so sehr, dass ihm allmählich alles ganz gleich war. Er lief immer noch weiter.

Nun wurden die Straßen ruhiger. Es gab nicht mehr so viele Schaufenster und der Junge merkte jetzt auch, dass er fast gar nicht mehr weiter konnte. Verzweiflung erfasste ihn erneut. Was sollte er nur tun, wohin konnte er gehen. Der Arm und der Kopf taten immer mehr weh, ja die Kälte biss ihn am ganzen Körper. Er wusste schon lange nicht mehr wo er war. Es war ihm auch alles ganz egal.

Die Füße konnte er kaum noch heben. Nur ein wenig ausruhen, dachte er. Vielleicht fällt mir dann etwas ein. Dort auf der anderen Straßenseite sah er einen Hauseingang mit einem schützenden Vorbau. Da werde ich mich ein wenig auf die Eingangsstufen setzen, dachte er sich. Und so kam Frank an die Tür der Kirchgasse 1. Obwohl er es eigentlich nicht wollte, musste er weinen.

Zu dieser Zeit machte Herr Hansen sich für seinen Spaziergang fertig. Frohgemut verließ er seine Wohnung, doch als er die Treppe herunterkam hörte er, dass Jemand vor der Tür weinte. Er hörte auch, dass es ein Kind sein musste. Doch konnte das sein? Es war ja schon Abend.

„Na, na", sagte Herr Hansen, „wer weint denn hier?"

Im ersten Augenblick wollte Frank davonlaufen. Aber seine Beine waren schon so schwer, dass er lieber blieb wo er war.

„Warum fragen Sie denn?" Schluchzte er wütend, „sie sehen doch wer hier weint."Er kam sich hilflos und elend vor.

Herr Hansen merkte, dass hier jemand war, der offenbar seiner Hilfe bedurfte. „Nein, mein Kind. Ich sehe dich nicht. Ich kann dich nur hören, denn ich bin blind. Aber sage mir doch, wie ich dir helfen kann. Wie kommst du denn hier her?"

Frank sa erstaunt auf, „ach so, Sie sind blind. Das habe ich nicht gesehen." Mehr sagte er nicht und versuchte, sein Weinen zu unterdrücken. Er wollte nicht als Memme dastehen.

„Ja, ich bin blind. Aber sage mir doch bitte wer du bist und warum weinst du denn so sehr?"

Frank war es nicht gewöhnt mit fremden Leuten zu reden, und war eigentlich sehr scheu. Zu diesem Mann hatte er aber Zutrauen. Es mag auch an seiner großen Erschöpfung gelegen haben, er brauchte jemanden dem er sich anvertrauen konnte. So erzählte er nun, dass er Angst hätte vor seinem Vater und warum er ausgerissen war. Sein Mund lief förmlich über, er musste von seinem Elend endlich einmal jemanden sagen können.

Herr Hansen war entsetzt über das, was er zu hören bekam. Er legte Frank den Arm um die Schultern. Der Junge tat ihm furchtbar leid. Er fühlte das angeschwollene Handgelenk und tastete vorsichtig die dicke Beule an der Stirn an. Er schüttelte traurig den Kopf und so standen sie nun beide in der Kälte, der einsame Junge und der blinde Mann. Jeder fühlte sich zu dem anderen hingezogen.

„Weißt du was", sagte Herr Hansen, „komm erst einmal mit hinein, dann sehen wir weiter."

Nun bekam Frank es aber mit der Angst zu tun. Mit einem fremden Menschen in dessen Wohnung gehen, das wollte er auf gar keinen Fall. Auch wenn der Fremde noch so freundlich war. Entschieden lehnte der Junge das ab und schluchzte auf.

Das verstand Herr Hansen und meinte, „gut, dann klingeln wir einmal bei Frau Schröter, vielleicht weiß sie etwas, was wir für dich tun können."

Frank war einverstanden. Soll kommen wer da will, solange man ihn nicht in eine fremde Wohnung locken wollte. Herr Hansen dachte sich, Frau Schröter ist ein gute Seele und wenn jemand helfen kann, dann gewiss sie.

So klingelte er energisch und rief durch die Sprechanlage, „Frau Schröter, bitte kommen Sie doch schnell herunter. Ich habe ein Kind gefunden."

Frau Schröter glaubte, das klinge ja reichlich verdreht und fragte auch sehr erstaunt, ob sie denn richtig gehört habe. Verdreht sein wäre ja nun das Letzte was sie von Herrn Hansen erwartet hätte.

„Ja, ja, es stimmt und bitte bringen sie doch gleich eine warme Decke mit, der Junge friert so sehr."

Frau Schröter lief erschrocken los, mit einer dicken Wolldecke unter dem Arm. Sie dachte, es hätte jemand ein Baby vor der Tür ausgesetzt. Was sie dann jedoch sah, ließ sie genauso erschrecken. Mit einem Blick, der den Jungen von oben bis unten erfasste, hatte sie sofort erkannt, in welch üblem Zustand der Junge war. Sie sah die Beule an der Stirn, die blau verfrorenen Hände, das geschwollene Gelenk, die zu kleine und viel zu dünne Jacke, die kaputten dünnen Turnschuhe, die für das Winterwetter völlig ungeeignet waren und das verfrorene Gesicht.

„Junge!" Mehr bekam sie im ersten Augenblick nicht heraus. Frau Schröter war eigentlich nie um Worte verlegen, jetzt schnürte sich ihr aber die Kehle zu. Sie legte die Decke sorgfältig um Frank und nahm ihn in den Arm. Da kamen dem Jungen wieder Tränen, denn liebevolle Fürsorge war er nicht gewöhnt und er schämte sich.

Frau Schröter sagte nur, „weine ruhig, wenn dir danach zumute ist. Jeder Mensch hat einmal Kummer und muss dann weinen."

Herr Hansen berichtete kurz, was ihm Frank von seinem Vater gesagt hatte. Sofort guckte Frau Schröter mit wütendem Blick die Straße entlang, dachte sie doch, dass Frank aus der Nähe gekommen wäre und sein Vater ihm folgen würde. Aber niemand kam die ruhige und friedliche Kirchstraße entlang.

Da der Junge auch jetzt nicht gewillt war in das fremde Haus zu gehen, meinte sie, man müsse die Polizei holen. Aber Frank fürchtete, man würde ihn zu seinem Vater bringen und rief weinend, „nein, nein, die bringen mich dann nachhause. Da kann ich nicht mehr hin, ich habe Angst."

„Ganz bestimmt bringen die dich nicht zu deinem Vater", beruhigte ihn Frau Schröter. „Aber wenn du Angst hast, dann kommen wir mit auf das Polizeirevier und passen auf. Wir können ja nicht weiter hier in der Kälte bleiben, wir müssen doch etwas für dich tun." Damit war der Junge einverstanden.

Herr Hansen ging ins Haus, um zu telefonieren. Der Funkwagen kam zum Glück schnell und die Polizisten ließen sich erklären was mit Frank passiert war. Sie wollten ihn natürlich mitnehmen auf das Revier. Aber Frank heulte vor Angst wie eine Sirene. Frau Schröter sagte, sie käme natürlich mit und Herr Hansen beteuerte, dass auch er den Jungen begleiten würde.

„Aber mein Dame", meinte der eine Polizist, „wir haben doch kein Fuhrunternehmen. Dem Jungen passiert doch nichts bei uns." Er war wohl mit der Situation überfordert, denn zumindes eine Person hätte er ja durchaus im Wagen mitfahren lassen können. Er fasste Frank am Arm und wollte ihn zum Funkwagen bringen.

In seiner Aufregung griff Frank nach Herrn Hansen, klammerte sich an ihn und schrie, „nein, nein".Herr Hansen kam beinahe ins Stolpern und ihm tat der Junge leid.

Frau Schröter rief ärgerlich, „Herr Wachtmeister, sehen Sie denn nicht in welcher Verfassung der Junge ist!"

Der jedoch wiederholte stur, „aber es passiert ihm doch nichts, wir wollen ihm doch nur helfen. Und Sie können sich ja auch gleich auf der Wache nach ihm erkundigen oder hinterher kommen." Sobald er aber Frank anfasste, schrie der nur noch lauter und klammerte sich weiter an

Herrn Hansen, der die Arme schützend um ihn gelegt hatte.

Durch dieses Spektakel gingen bei Müllers im Parterre die Fenster auf und beide sahen verwundert, was sich da vor ihrem Haus abspielte.

Frau Schröter rief aufgeregt. „erkundigen! Junger Mann, wollen Sie mir etwa zumuten bei diesem Wetter hinter dem Funkwagen herzulaufen?"

Herr Hansen rief erregt, „schließlich habe ich das Kind ja gefunden und gebe es jetzt nicht einfach her, ohne zu wissen was weiter mit dem Jungen passiert."

„Aber so geht es doch nicht, Sie können nicht alle im Funkwagen mit uns fahren. Es passierte ihm doch nichts", reif der Polizist, der schon völlig genervt wirkte.

Jetzt schalteten sich Müllers ein. Sie sahen nur, offensichtlich waren die Polizisten anderer Meinung als ihre Freunde. Und hatte Herr Hansen nicht eben gesagt, er hätte etwas gefunden. Sollte er nun wohlmöglich um den Finderlohn gebracht werden? Das ging zu weit! Herr Müller beugte sich weit aus dem Fenster und schimpfte lautstark direkt hinter dem Polizisten los, so dass dieser erschrocken zusammen fuhr.

„Das ist ja unerhört", schrie er, „ich denke, es heißt, *die Polizei dein Freund und Helfer*. Wie gehen Sie denn hier mit anständigen Bürgern um? Ich werde mich beim Polizeipräsidenten persönlich über Sie beide beschweren, wenn Sie nicht auf der Stelle vernünftig sind."

„Aber mein Herr, Sie wissen doch gar nicht, um was es hier eigentlich geht", sagte der Wachtmeister.

„Wissen, wissen", schnaubte Her Müller erbost, „ich weiß es genau, Sie sind ungehörig!"

„Karl", rief jetzt der andere Polizist, der bisher ganz ruhig geblieben war, „ich glaube, ich werde verrückt!"

„Na, das fehlt mir gerade noch", schnappte sein Kollege. Und erstaunt musste er feststellen, dass der heulende Bengel, wie er Frank im Stillen nannte, und auch der Mann und die Frau nicht mehr im Hauseingang standen. Irritiert sah er umher.

Frau Schröter war auf dem Oberdeck vor Ärger. Als die Polizisten sich mit Herrn Müller stritten nahm sie kurz entschlossen Frank und Herrn Hansen bei der Hand und kletterte mit den Zweien in den Funkwagen. Dort saßen sie nun und sahen nicht danach aus, dass sie freiwillig aus dem Wagen steigen würden. Die entnervten Beamten und kletterten eiligst hinterher.

„So", sagte Frau Schröter, „nun geht es also doch!"

Von vorn kam nur ein unwilliges Brummen. Los ging die Fahrt. An einer roten Ampel wollte frau Schröter nicht einsehen, warum sie alle warten mussten, schließlich saßen sie ja im Funkwagen. „Na, nun mal los, junger Mann, wozu haben Sie denn eine Sirene!" Sie dachte sich, dass Frank gewiss Freude daran haben würde, wenn das Martinshorn zu hören wäre.

Das war zu viel für den armen Polizisten. Er riss die Arme hoch und schrie, „das müssen Sie bitte mir überlassen, wie ich fahre." Als er aber sah, dass ihn die Fußgänger erstaunt anguckten, war er ruhig. Nicht nur, dass sein Funkwagen buchstäblich geentert worden war von diesen Leuten, jetzt redete die Person noch dazwischen und erklärte ihm, wie er zu fahren hätte. Kein Zweifel, er war selten so wütend gewesen.

„Das ist aber sehr schade, dem Jungen hätten Sie sicher eine Freude bereitet", ließ sich Her Hansen vernehmen.

Von den beiden Polizisten war nicht zu hören. Karl hatte die Lippenfest aufeinander gepresst und holte tief Luft.

Auf der Wache wurden sie bereits erwartet. Herr Müller hatte angerufen und sich über die ungehörigen Beamten beschwert. Er war derart erregt, dass das Telefonat einige Zeit dauerte und man ihm mehrmals versichern musste, man würde sich bemühen, alles aufzuklären.

Als die genervten Wachtmeister nun mit ihren Fahrgästen auftauchten, sagte der Wachhabende auch sofrt, „Mensch, war habt ihr denn da gemacht? Da hat sich jemand mächtig beschwert."

„Das darf doch wohl nicht wahr sein", rief der eine Polizist verärgert. Und Karl sagte nur wieder, „ich glaube, ich werde verrückt".

Der Wachhabenden sah sie scharf an, aber zu mehr war er auch nicht mehr in der Lage, denn Franks Misstrauen war inzwischen wieder geweckt. Im Funkwagen zwischen Herrn Hansen und Frau Schröter hatte er sich sicher gefühlt. Hier auf der Wache befürchtet er aber, man könnte ihn von den Beiden trennen und gleich weinte er wieder los.

„Ich gehe nicht nachhause, das tue ich nicht. Nein, nein", rief er verzweifelt und fasste die Hände der beiden, als wolle er sie nie mehr loslassen.

Der Wachhabende lotste alle drei erst einmal in einen Raum hinter der Wache. Dort beruhigte er den verzweifelten Jungen. Er begriff besser als seine Kollegen aus dem Funkwagen, dass das Kind voller Angst war. Und er sah auch sofort, in welchem Zustand sich Frank sonst noch befand.

Zwischen Frau Schröter und Herrn Hansen sitzend erzählte Frank stockend weshalb er von zuhause fortgelaufen und wie Herr Hansen ihn vor der Haustür getroffen hatte.

Den Wachhabenden packte eine kalte Wut. Nicht zum ersten Mal hatte er so einen Fall vor sich. Er war schon Großvater und sehr Kinderlieb, und wenn er ein misshandeltes Kind sah, wünschte er sich in eine andere Welt. Aber mit Wünschen war hier nichts zu helfen.

Jetzt holte er erst einmal seine Thermosflasche mit dem Kakao, den seine Frau ihm immer zum Nachtdienst mitgab. Auch die anderen Kollegen und die aus dem Funkwagen waren erschüttert. Sie holten ihre belegten Brote und im Nu hatte Frank ein Abendessen, von dem er zuvor nur geträumt hatte. Dankbar verputzte er alles. Zum Nachtisch brachte der Wachhabende noch eine Tafel Schokolade aus seiner Tasche hervor. Er aß gern Süßes, aber in dieser Nacht war ihm der Appetit vergangen.

Frank hatte nun keine Angst mehr, er wurde jetzt schläfrig. Die Anstrengung des langen Tages, endlich satt und in der Wärme, er konnte kaum noch die Augen offen halten.

Der Wachhabende erklärte ihm, er werde ihn für die Nacht im Kinderheim unterbringen. Später würde man dann weitersehen und er versicherte ihm, dass ihn auch von dort niemand zu seinem schlagenden Vater zurück bringen würde. Frau Schröter und Herr Hansen sagten zu, ihn ins Heim zu begleiten. Der Junge fühlte sich nun sicher und wehrte sich nicht gegen den Vorschlag.

Sie wurden vom Kinderheim mit dem Auto abgeholt. Die Heimleiterin, eine sehr freundliche Dame, nahm sich Franks an. Sie brachte ihn zunächst zum Kinderarzt, der in dieser Nacht im Heim Dienst hatte. Der versorgte Franks Handgelenk mit einer Schiene und gab ihm etwas Salbe auf die Beule, damit die Schwellung zurück ging.

Bevor die Heimleiterin Frank nun in sein Zimmer brachte, verabschiedeten sich Frau Schröter und Herr Hansen von ihm und versprachen, dass sie am nächsten Tag zu ihm kommen würden.

Frank wurde von der Frau in ein hübsches Zimmer geführt, in dem schon ein Junge schlief. Das war Olaf, der natürlich aufwachte. Die Heimleiterin machte die Jungen miteinader bekannt, gab Frank einen Schlafanzug und schlug ein Bett für ihn auf. Rasch lag der darin und merkte nun erst richtig, wie erschöpft er war. Die Frau ließ die Jungen allein, und sie durften eine Nachtlampe leuchten lassen, denn ihr war klar, dass die beiden erst einmal miteinander reden wollten. Und Olaf fing auch sofort an zu erzählen.

Er sage Frank, dass er sich im Heim sehr wohl fühlen würde, alle wären nett und freundlich. Frank beruhigte das und er begann sich nun allmählich sicher zu fühlen. Er war so froh, endlich im warmen sein zu können. So angenehm war es zuhause nie gewesen, immer hatte er gefroren, sogar im Bett. Hier aber fühlte er sich geborgen. Hier musste er keine Angst haben. Olaf hatte drei Stofftiere in seinem Bett. So etwas hatte er sich immer gewünscht, ein Stofftier zum Schlafen, aber er hatte nie eines bekommen. Olaf gab Frank einen niedlichen Stoffhund für die Nacht. Den Kuschelhund fest im Arm, schlief er bald darauf fest ein.

Indessen hatte sich Frau Schröter im Büro der Heimleiterin mit Herrn Hansen beraten. Für sie beide stand fest, morgen, am Heiligen Abend, wollten sie Frank bei sich haben.

Sie teilten das ihr Heimleiterin und einem jungen Erzieher mit. Aber sie mussten hören, dass das nicht so einfach ginge. Das war enttäuschend.

Der junge Erzieher erklärte, „sehen Sie, Sie sind doch für uns völlig fremd. Wir können Ihnen das Kind nicht so einfach mitgeben. Wenn Sie mit ihm jedoch verwandt wären ...“

„Junger Mann“, rief Frau Schröter empört, „wollen Sie mich beleidigen? Wenn ich mit diesem armen Kind verwandt wäre, hätten Sie es nicht in diesem Zustand hier!“

Herr Hansen sagte, „können Sie uns denn nicht verstehen? Der Junge ist uns in der kurzen Zeit bereits ans Herz gewachsen. Und ich habe ihn ja auch vor unserer Tür gefunden.“

„Natürlich verstehen wir das“, sagte die Heimleiterin, „aber bitte verstehen Sie auch uns. Ich persönlich glaube Ihnen selbstverständlich, dass dem Jungen bei Ihnen kein Leid geschehen würde, aber wir haben uns auch an die Gesetze zu halten und können nicht einfach so handeln, wir es empfinden. Und glauben Sie mir, der Junge hat es bei uns wirklich gut.“

Die Beiden sahen ein, dass sich ihr Wunsch nicht ohne Weiteres realisieren ließ. Aber aufgeben war Frau Schröters Sache nie gewesen.

Plötzlich rief sie laut, „der Pfarrer!!“

„Wie bitte?“ Fragten alle drei irritiert.

„Ja, ich glaube, ich weiß wie es gehen könnte. Der Pfarrer ist ja eine vertrauenswürdige Person, die als solche doch ganz sicher auch anerkannt würde. Er muss uns hier helfen."

Sie wollte nun sofort los und verabschiedete sich zum Erstaunen aller recht schnell. Sie würde am nächsten Tag wiederkommen ließ sie verlauten und fuhr mit Herrn Hansen im Taxi nachhause. Während der Fahrt verreit sie ihm, was sie vorhatte.

Zuhause angekommen, wurden sie schon von Müllers erwartet. Herr Müller hatte inzwischen wieder besorgt auf dem Polizeirevier angerufen. Trotz der Beteuerungen des Wachhabenden, dass wirklich alles in Ordnung sei, war er erst richtig beruhig, als er seine Freund ankommen sah. Auf der Wache hatte man ihm nämlich keine näheren Erklärungen gegeben, so energisch er auch nachfragte. Man sagte ihm nur, dass er von seinen Freunden alles erfahren würde, Auskünfte könnte man ihm nicht erteilen.

Frau Müller hatte unterdessen Abendbrot gemacht. Es war ja sehr spät geworden und sie hatten alle Hunger. Die beiden Müllers staunten nicht wenig, als ihnen Herr Hansen nun von seiner „Fundsache", wie Herr Müller immer noch dachte, berichtete. Er hatte Frank gar nicht gesehen, als sie da alle vor der Tür debattierten und sein Weinen war für ihn im allgemeinen Stimmengewirr untergegangen. Er hatte ja selber am lautesten geschrien.

Frau Schröter eröffnete ihnen nun ihren Plan. Dabei wurden alle ganz aufgeregt und Herr Hansen meinte, weshalb wollen Sie denn bis morgen warten? Rufen Sie ihn doch gleich jetzt an! Die Zeit drängt ja auch. Wenn wir morgen erst anfangen, dass es ist vielleicht zu spät."

Das musste er Frau Schröter nicht zweimal sagen. Einmal in Fahrt gekommen, konnte sie sehr energisch auf ein Ziel losgehen.

So kam es, dass abends um 22.00 Uhr im Pfarrhaus das Telefon klingelte. Der Pfarrer kannte alle Bewohner aus der Kirchgasse 1 genau. Frau Schröter hatte sich schon öfter um Kranke in der Gemeinde gekümmert, und auch als er noch in einem kirchlichen Kinderheim beschäftigt gewesen war, hatte sie dort oftmals ausgeholfen. Sie war ihm in ihrer Zuverlässigkeit seit langen Jahren wohl vertraut. Bei ihr wusste er stets, wenn sie sich entschlossen hatte zu helfen, konnte er sicher sein, es würde klappen.

Was aber jetzt so durch den Telefonhörer zu vernehmen war, war er von Frau Schröter nicht gewohnt. Kaum hatte er sich gemeldet, hörte er schon ihre aufgeregte Stimme. Nichts war übrig von ihrer Gelassenheit, an die er gewöhnt war.

„Herr Pfarrer", kam es laut, „Sie müssen mir helfen! Gegen das Jugendamt, das Kinderheim, die Behörde und vielleicht auch noch gegen die Polizei. Bitte kommen sie sofort hierher!"

„Nanu", sagte der Pfarrer, „das klingt ja ganz, als würden Sie zur Attacke blasen und einen Kleinkrieg anzetteln wollen. Sind Sie sicher, dass ich nicht auch ein Bataillon Soldaten zu Ihnen schicken sollte", fügte er schmunzelnd hinzu.

Frau Schröter war für lustige Bemerkungen im Moment nicht zugänglich. „Ja, wenn Sie zu den Herren Beziehungen haben, könnten sie vielleicht nicht schaden." Und aus dem Hintergrund hörte er Herrn Hansen rufen, „wir haben nämlich ein Kind gefunden", während Herr Müller rief,

„die Polizei ist unverschämt", und seine Frau ständig, „unerhört, der arme Junge", dazwischen rief. Da das aber nun alles gemeinsam an sein Ohr drang, war der Pfarrer erst einmal verwirrt. Die Kirchgasse 1 auf dem Kriegspfad gegen die Institutionen der Stadt? Das konnte doch wohl nicht sein.

„Frau Schröter, was ist denn nur los? Muss ich denn wirklich gleich kommen? Ich bin dabei meine Predigt für den Heiligen Abend auszuarbeiten."

„Also Herr Pfarrer", hörte er vorwurfsvoll, „das könnten Sie ja nun wirklich schon erledigt haben. Es ist der 23. Dezember!"

Der Pfarrer musste lachen, das war ganz Frau Schröter. So kannte er sie, energisch und doch mit einem guten Herzen.

„Übrigens", ging es auch gleich weiter, „die Weihnachtsgeschichte werden Sie ja wohl ohne Vorbereitungen lesen können. Und wenn Sie hören, was wir erlebt haben, dann haben Sie etwas für die Predigt, da brauchen Sie nichts mehr auszuarbeiten, das dürfen Sie mir glauben!"

„Ja, ja, genau. Das würde ein Thema sein, das passt zum Heiligen Abend", reif Herr Hansen wieder, „wir haben nämlich ein Kind gefunden."

„Also, werden Sie jetzt kommen? – Bitte!"

Frau Schröter war offenbar wirklich besorgt dachte er sich und der Pfarrer sagte seufzend, „aber ja, ich komme".

Seine Frau, die nur einen Teil des Telefonats gehört hatte, fragte ihn, „was ist denn nur, wo willst du jetzt noch hin? Und was soll der Unsinn mit den Soldaten?"

„Ich weiß es auch noch nicht. Frau Schröter liegt offenbar mit allen Behörden unserer Stadt im Streit. Es geht um irgendeinen Jungen. Ihre Freunde unterstützen sie dabei, und wer weiß was passiert, wenn ich sie nicht beruhige."

„Ja, und deine Predigt?"

„So viel ich verstanden habe, will Frau Schröter die mir diktieren!"

Verblüfft sah seine Frau ihn an, lachte und meinte, „ich glaube, mein Lieber, dann solltest du hingehen. Aber ich denke, du hast gar nichts verstanden."

„Ich auch, ich auch", meinte der Pfarrer kopfschüttelnd und lachte.

Zehn Minuten später klingelte er in der Kirchgasse 1. Und da verging ihm sehr schnell das Lachen.

Hier bekam er nun die traurige Geschichte von Frank zu hören. Frau Schröter wollte, dass er mit ihr und Herrn Hansen gemeinsam zum Kinderheim fuhr, um sich als Pfarrer der Gemeinde und erfahrener Mitarbeiter des kirchlichen Kinderheimes dafür zu verbürgen, dass dem Jungen bei ihnen kein Leid geschehe und um zu versichern, dass sie auch schon in früherer Zeit für ihn im Kinderheim erfolgreich mitgearbeitet hatte. Dass sie also durchaus Erfahrung mit Kindern hatte und zuverlässig sei.

Inzwischen waren sie schon weiter gekommen. Es ging ihnen nun nicht nur um den Heiligen Abend. Frank sollte bei Frau Schröter als Pflegekind aufgenommen werden, denn sie konnte sich nicht vorstellen, dass er je zu seinem Vater zurückgehen würde.

Der Pfarrer meinte zwar auch, dem Vater des Jungen würde ganz sicher das Sorgerecht für ihn entzogen, aber so einfach sei das mit der Pflegestelle nicht, denn soweit er wusste, wurden Pflegekinder eher an Ehepaare vermittelt als an einzelne Personen. Sie sollten dann eine ganze Familie haben, bei der sie lebten.

Weil er sah, dass Frau Schröter heftige Einwände hatte und bevor sie sich wieder aufregen würde, setzte er beschwichtigend hinzu, „das hat nichts damit zu tun, dass der Junge bei Ihnen bestens versorgt und ohnehin mehr als eine normale Familie hätte mit Herrn Hansen und Müllers".

„Na, aber ganz gewiss, hier wäre er niemals allein, wir würden uns doch alle um ihn kümmern", bestätigte Frau Müller.

Herr Hansen meinte, das mit dem Ehepaar sei ja an sich kein Problem und er wurde ganz verlegen. Der Pfarrer dachte, er meinte Müllers. Aber Herr Hansen meinte etwas ganz anderes.

Er stellte sich vor die erstaunte Frau Schröter und ergriff ihre Hand. „Ich bin ja so dumm, dass ich erst heute auf die Idee komme", sagte er zu ihr.

Und bevor er weiter kam, lächelte Frau Schröter strahlend „Aber Herr Hansen, ich wusste ja gar nicht, was sie so für Einfällen haben können."

„Na ja, ich habe wohl lange benötigt dafür, aber würden Sie mich denn vielleicht heiraten?"

Frau Schröter sagte laut und deutlich „JA", dann gab sie ihm einen Kuss.

Nun brach ein Hallo aus, es wurde gratuliert, und Herr Müller holte Sekt zum Anstoßen. Auch der Pfarrer freute sich über dieses Wendung im Leben der Menschen, die er lange schon ins Herz geschlossen hatte.

Sie verabredeten sich für den nächsten Morgen mit ihm, um gemeinsam in das Kinderheim zu fahren. Er ging sehr nachdenklich, aber fröhlich nachhause und war entschlossen, alles was er konnte, dafür zu tun, dass der Junge sein Weihnachtsfest in der Kirchgasse 1 verleben könnte.

Herr Müller schmückte in Frau Schröters Wohnzimmer einen Weihnachtsbaum für Frank, den der solange vermisst hatte. Es glitzerte nur so von Kugeln, Engeln und Lametta und die Lichterkette würde am Abend strahlen wie, so hoffte er inständig, die Augen des Jungen.

Frau Müller ging für Frank einkaufen. Sie hatte eine lange Liste von Frau Schröter und Herrn Hansen mitbekommen. An diesem Fest sollte Frank nicht leer ausgehen.

Herr Hansen und Frau Schröter hatten vor, ihn neu einzukleiden. Der erbärmliche Zustand der zu dünnen Sachen die Frank getragen hatte, tat Frau Schröter richtig weh. Sie konnte sich vorstellen, wie sehr der Junge darin gefroren hatte bei dem Frostwetter. So kaufte Frau Müller alles, angefangen von neuer Unterwäsche, Schlafanzügen, warmen Socken, dicke Winterstiefel, warmen Hosen und schicken Pullovern bis hin zu einem schönen molligen Anorak und Schal, Pudelmütze sowie Handschuhen. Die Größe für die Sachen hatte Frau Schröter geschätzt, und sie meinte, damit würde sie sicher nicht falsch liegen, das würde schon alles passen. Frau Müller ließ sich von Verkäuferinnen beraten, damit sie auch Kleidung kaufte, die einem Jungen in seinem Alter wirklich gefiel. Ahnung hatte sie davon nämlich nicht, wusste jedoch, dass Kinder da durchaus heikel sein konnten und Frank sollte ja Freude an den Sachen haben. Das eine oder andere Stück hätte sie selber nicht gewählt, vertraute aber der Beratung. Weil so viel Schnee lag, kaufte sie auch einen Schlitten. Ein Weihnachtsspaziergang durch den nahen Wald hatte bei ihnen allen Tradition und da wäre der Schlitten für den

Jungen doch ideal, dachte sie sich. Ein Teddy zum Kuscheln durfte auch nicht fehlen, den brauchte ihrer Ansicht nach jedes Kind. Von Müllers selber gab es noch zwei spannende Bücher dazu. Auch dabei fragte sie nach, was zurzeit bei Kindern besonders beliebt war. ‚Der wird ja Augen machen‘, dachte sie sich fröhlich. Nie hatte ihr einkaufen so viel Spaß bereitet.

Die Verhandlungen im Kinderheim gestalteten sich dann gar nicht so schwierig wie erwartet, die Erlaubnis für Frank zu erhalten, die Feiertage in der Kirchgasse 1 zu verbringen. Die Heimleiterin kannte den Pfarrer von früher aus seiner eigenen Arbeit im Kinderheim und war nun sicher, dass Frank gut untergebracht sein würde, wenn er das Weihnachtsfest dort verbringen würde.

„Ich bin so froh für den Jungen, dass es sich so ergeben hat", sagte sie zu Frau Schröter und Herrn Hansen, die vor Freude strahlten. Der Antrag zur Übernahme als Pflegekind sollte, wenn Frank zustimmen würde, gleich nach dem Fest gestellt werden.

„Wenn er aber lieber hier bei Ihnen leben möchte, dann besuchen wir ihn eben ganz oft. Aber schön wäre es doch, könnten wir uns ständig um ihn kümmern", sagte Herr Hansen.

„Ich denke ganz bestimmt, dass er sehr gern bei Ihnen beiden leben möchte, denn er erzählt immerzu davon, wie froh er war, dass Sie ihm geholfen haben, er mag sie wirklich gern", versicherte der junge Erzieher, den sie am Vortag kennen gelernt hatten.

Frank, der inzwischen ein Bad genommen, und Kleidung bekommen hatte, wenn auch nur gebrauchte, aber die war wenigstens heil und sauber, wurde dann ins Büro geholt. Er war voller Freude als er seine beiden Retter erblickte. Als er dann noch hörte wo er Weihnachten verleben durfte war die Freude riesig. Der nette Erzieher hatte ihm zuvor schon gesagt, dass Frau Schröter und Herr Hansen ihn gern als Pflegekind annehmen würden und Frank wollte nichts lieber, als bei diesen netten Menschen bleiben.

Glücklich fuhr er mit ihnen in sein vielleicht zukünftiges Zuhause. Hier lernte er nun auch die Müllers kennen. Bevor er mit ihnen allen in den Weihnachtsgottesdienst ging, wurde er erst einmal neu eingekleidet. Der Junge staunte fassungslos und war so voller Freude über seine neuen warmen Sachen, dass es richtig ansteckend war. Glücklich gingen sie alle gemeinsam los. Er saß zwischen Frau Schröter und Herrn Hansen in der festlich erleuchteten kleinen Feldkirche. So einen großen Lichterbaum hatte er noch nie gesehen in einem Raum und dann noch die wunderschöne Musik der Orgel. Er wusste kaum, was er mehr bewundern sollte. Mit großen erstaunten Augen saß er da und hielt die Hände der beiden, als würde er befürchten, sie könnten ihm verloren gehen. Wenn Frau Schröter die Beule auf der Stirn sah, musste sie jedes Mal mit den Tränen kämpfen. Sie sprach stumm ein inständiges Gebet darum, dass das Kind so etwas nie mehr erleben müsse.

Zuhause glaubte Frank sich im Märchen. Mit Müllers blieb er zunächst im Esszimmer, während Herr Hansen und Frau Schröter geheimnisvoll im Wohnzimmer tuschelten und raschelten. Dann war es soweit. Herr Hansen spielte auf dem Flügel, ‚Ihr Kinderlein kommet‘ und die Tür zum Wohnzimmer ging auf. Es gab bestimmt in der ganzen Stadt kein Kind, das so viel Freude zum Weihnachtsfest empfand wie Frank. Erst konnte er gar nichts sagen vor Staunen und Glück. Für ihn hatten sie den wunderschönen Baum geschmückt, darunter lagen hübsch verpackte

Päckchen, es war ja unglaublich. Alles, das, was er sich immer so sehr gewünscht hatte, war nun plötzlich wahr geworden. Er ging auf seine zukünftigen Pflegeeltern zu, umarmte sie und sagte nur ein einziges Wort, „DANKE", mehr war ihm gar nicht möglich. In dieses eine Wort hatte er alles hineingelegt, was er empfand. Er konnte gar nicht in Worten ausdrücken, wie ihm zumute war. Aber die vier Erwachsenen verstanden ihn. Es wurde für alle der schönste Heilige Abend, den sie jemals erlebt hatten.

****

WIRD PAULINCHEN GERETTET?

Paulinchen war ein schwarzes Kaninchen, das bei Jörg, einem Jungen von 12 Jahren, auf dem Balkon seinen Stall hatte.

Jörgs Onkel Paul hatte es eines Tages als Jungtier mitgebracht. Der Junge war darüber total begeistert, aber Onkel Paul hatte anderes im Sinn, als ihm damit eine Freude zu bereiten. Nein, er meinte, es sei ein schönes und vor allem praktisches Geschenk für die Familie seines Bruders, denn Jörgs Vater war sein jüngerer Bruder. Onkel Paul meinte, sie könnten das Kaninchen doch einige Monate gut füttern, um es dann Weihnachten zu schlachten, damit es als Braten das Fest verschönern könne. Er war sehr zufrieden mit sich und seiner Idee, denn er dachte, so hätte er dann auch gleich etwas zum ansonsten teuren Festbraten beigesteuert und eine Einladung zum Fest sei ihm damit gewiss sicher.

Er war ein Junggeselle und kam, wenn er Familienanschluss suchte zu Jörgs Familie. Das war im Grunde ja auch schön, nur waren seine Besuche nicht immer ein Grund zur Freude. Oftmals ließ er sich Monatelang nicht sehen, dann stand er plötzlich vor der Tür. Onkel Paul trank recht gern etwas mehr als ihm gut tat. Und wenn er betrunken war, wurde er manchmal rührselig und bekam Sehnsucht nach der Familie.

Kam er in diesem Zustand dort an, war die Freude über ein Wiedersehen doch recht einseitig. Sein Verhalten in trunkenem Zustand war schwer zu ertragen. Er erzählte voller Temperament die wildesten Geschichten, an die niemand außer ihm selber glaubte, oder er tanzte Tango mit dem Stubenbesen.

Das ging nicht immer gut aus. Einmal hatte er den Tisch vor dem Sofa umgekippt, weil er unbedingt darunter hindurch tanzen wollte, so wie er es im Fernsehen bei einer Tanzgruppe gesehen hatte. Jedenfalls lag er dann hilflos wie ein Käfer auf dem Rücken, mit den Beinen strampelnd unter dem umgekippten Tisch. Teller und Gläser lagen um ihn verstreut und er jammerte furchtbar, bis man ihn wieder hervorgeholt hatte. Nicht zum ersten Mal wurde er zur Ausnüchterung ins Gästebett gesteckt. Dort sag er sich fröhlich und laut in den Schlaf, so dass die Familie wenig Ruhe hatte in dieser Nacht. Also, mit seinen Besuchen, das war so eine Sache. Dennoch mochte die Familie ihn gern. Doch immer mit ihm zusammen sein müssen, wenn es ihm gerade so einfiel, das wollten sie nicht.

Jörgs Vater sah Paulinchen jedoch auch, genau wie sein Bruder, als praktischen Festbraten an. Er fütterte das Tier, pflegte es ordentlich und freute sich gleichzeitig darauf, es in Sahnesoße zu genießen. Jörgs Mama war bereit, es zuzubereiten, wenn einer der Männer den Mut finden würde, das Tier zu schlachten.

Jörg, der seine Eltern wirklich liebte, war darüber empört. Das kam für ihn überhaupt nicht infrage, Paulinchen aufzuessen. Niemals würde er das zulassen, das tand für ihn unumstößlich fest.

Sein Onkel Paul hatte einmal gesagt, wenn er Probleme hätte und die Eltern nicht da wären, könne er jederzeit zu ihm kommen. Nun, die Eltern waren zwar da, aber er hatte ein Problem, dass er mit ihnen nicht lösen konnte. Er musste Pauline zum Fest vor der Schlachtung retten. Er war der Ansicht, dass Onkel Paul, der dem Tier das schließlich eingebrockt hatte, dass es nun in Lebensgefahr geraten war, gefälligst helfen sollte. Der musste nun die Verantwortung für sein Handeln übernehmen. Egal was er sich dabei gedacht hatte, als er das Tier anbrachte. Er hatte einen Fehler gemacht, außerdem hatte das Kaninchen seinen Namen nach ihm erhalten und so war es in Jörgs Augen die Pflicht des Onkels, hier etwas zu unternehmen.

Der Junge liebte das possierliche Tier. Täglich ging er zu ihm, ließ es auf dem Balkon herumhoppeln und erzählte ihm alle seine Erlebnisse. Wenn Paulinchen dann zu ihm aufsah, war er überzeugt, dass sie ihn genau verstand und er streichelte sie liebevoll. Niemals würde er zulassen, dass man sie umbrachte und er könnte auch keinen einzigen Bissen von einem Braten genießen, der Pauline war. Nein, er verstand seine Eltern nicht und war sehr enttäuscht von ihnen. Die würden sich schon noch wundern!

Er hatte immer wieder versucht, den Papa von dem Gedanken an dem Kaninchenbraten abzubringen. Der hatte dafür aber gar kein Verständnis gezeigt, denn er hatte im Winter keine Arbeit und daher war das Geld sehr knapp bei ihnen.

„Junge", hatte der Vater zu Jörg gesagt, „das ist nun einmal so mit den Kaninchen. Dafür sind sie doch da, dass man sie aufisst. Du hättest ihm eben keinen Namen geben sollen. Nun kommt es dir so vor, als sei es ein Hund oder eine Katze, die man sich zur Freude als Haustier hält. Aber es ist nun einmal nicht so. Und ich bin froh, wenn der Braten zum Fest in diesem Jahr nicht so teuer ist. So viel können wir uns nicht leisten, da ist das eine Hilfe."

Jörg war entsetzt. Zum ersten Mal war er richtig ärgerlich über seinen Vater. Und als auch die Mutter derselben Ansicht war, hatte er mit ihr einen ernsten Streit. Sie versuchte ihn zu trösten, indem sie sagte, „du kannst dir doch im nächsten Jahr ein neues Kaninchen aufziehen und damit ist es dann bestimmt genauso schön wie mit diesem hier."

Jörg hatte vor Wut geschrien, „damit ihr es wieder umbringt und aufesst, was?! Nein, danke!" Und er hatte sich in seinem Zimmer eingeschlossen. Er fühlte sich allein gelassen und unverstanden und das tat weh.

Die Mutter hatte nichts weiter gesagt, sie hatte sich ihren Teil der Angelegenheit gedacht. Sie meinte nämlich, dass der Junge sich schon an den Gedanken gewöhnen würde, dass das Kaninchen zum Aufessen da war. Es gab ja auch Kaninchenfleisch in den Läden zu kaufen. Der würde schon zur Vernunft kommen. Das tat der aber nicht. Er dachte gar nicht daran. Er hatte sich an Pauline gewöhnt, hatte sie lieb und wen man lieb hatte, den fraß man nicht auf.

Die Adventszeit kam heran, aber er konnte sich darüber nicht freuen. Bisher war das immer die schönste Zeit im Jahr für ihn gewesen. In diesem Jahr aber kam keine Vorfreude auf das Weihnachtsfest bei ihm auf. Was sollte ihn auch freuen, wenn man seine Pauline umbringen wollte.

Natürlich hatte Onkel Paul in der Adventszeit das Bedürfnis, seine Familie zu besuchen. Er kam wie immer unverhofft und dieses Mal wurde sein Besuch wirklich sehr turbulent. Der Onkel hatte alle Zutaten für einen leckeren Glühwein dabei. Jörgs Eltern ahnten nichts Gutes, denn Onkel Paul vertrug im Gegensatz zu seiner eigenen Meinung, nicht viel Alkohol. Er war aber von seiner Idee, einen Glühwein anzubieten, nicht abzubringen. Er werkelte vergnügt und fröhlich Weihnachtslieder singend in der Küche herum und ließ nicht zu, dass ihm jemand dabei half.

Dann kam er mit einem herrlich nach Gewürzen duftenden Topf strahlend zum Vorschein. Die Küche war ziemlich verwüstet und bekleckert, aber Paul war rundum zufrieden. Er war stolz darauf, seine Familie einladen zu können, doch sprach er seinem Glühwein am meisten zu und das war, wie befürchtet nicht gut für ihn.

Als er einige Gläser recht schnell hintereinander intus hatte, ging es los. Er sagte rührselig, wie gern er stets bei Jörgs Eltern sei und wie wohl er sich in der Familie immer fühlen würde. Die Augen wurden ihm feucht, er streichelte liebevoll die Hand seiner Schwägerin, so gerührt fühlte er sich und tat, als hätten sie sich jahrelang nicht gesehen.

Jörgs Eltern beobachteten ihn mit Sorge, sie kannten sein Verhalten, kam er in diese Stimmung. Schnell schlug die Stimmung nun um. Er legte seine Rührseligkeit ab und wurde fröhlich, sein Temperament ging mit ihm durch. Wild gestikulierend berichtete er von den unmöglichsten Vorkommnissen. Wie er zum Beispiel einst auf hoher See ein Schiff ganz allein aus dem Sturm gerettet und es vor dem sicheren Untergang bewahrt hätte. Nie im Leben war er jemals auch nur eine Stunde auf See gewesen, aber das tat bei ihm nichts zur Sache. Von siegreichen Kämpfen gegen Wilderer in den Bergen wusste er zu berichten, obwohl er im Leben keinen Berg bestiegen hatte. Es war kurios und seine Phantasie sprudelnd.

Nach einem weiteren Glas Glühwein war es dann soweit, dass er tanzen wollte. Bevor ihn jemand daran hindern konnte, sprang er schon auf und legte los mit seinem Tangoschritt. Zwar dieses Mal ohne Besen, dafür aber sehr flott mit vielen Drehungen. Natürlich wurde ihm dabei schwindelig und er verlor den Halt. Jedenfalls saß er plötzlich mitten auf dem Couchtisch und auf dem

Adventskranz. Da dort aber die Kerzen brannten, und zwar alle vier, hatte das für sein Hinterteil üble Folgen. Laut aufheulend kam er hoch, steppte und strampelte auf der Stelle herum, schlug sich wild auf seinen schmorenden Hosenboden und fiel nach vorn über, als wollte er einen Hechtsprung wagen. In demselben Augenblick kam Jörgs Mutter in die Stube. Sie trug ein Tablett mit einer Platte voller belegter Schnitten und einer großen Schüssel Salat herein. Der Onkel traf mit seinem Kopf genau mitten auf das Tablett, woraufhin die Schnitten alle auf dem Boden lagen und die Salatschüssel zunächst hoch flog und sodann ihren Inhalt gleichmäßig über Onkel und Mutter verteilte. Das sah so komisch aus, dass Jörg laut auflachte. Sogar sein Vater konnte sich nicht halten und prustete los. Die Mutter dagegen fand nichts Komisches an der Situation. Sich die Salatblätter von der Schulter streifend und einige Zwiebelringe aus den Haaren rupfend, sah sie Onkel Paul sehr böse an. Der klaubte sich ganz betreten einige Tomatenscheiben vom Kopf, wischte sich eifrig die Petersiliensoße von der Stirn, schmierte einiges davon auf seinem Hemd breit und schielte sie schuldbewusst an.

„Das reicht, Paul", kam es verärgert von Mutter, während Jörg und sein Vater, die noch immer prusteten, einen empörten Blick von ihr einfingen. „Ich rufe dir jetzt eine Taxe und du fährst auf der Stelle nachhause. Und eines möchte ich dir auch gleich sagen. In diesem Jahr brauchst du zu Weihnachten nicht zu uns zu kommen. Ich habe jetzt aber wirklich genug von deinem Getanze. Ich möchte meine Ruhe haben und das Fest in Frieden und ohne Zwischenfälle genießen können. So geht das einfach nicht mehr weiter mit dir."

Vater hatte sich inzwischen von seinem Heiterkeitsanfall erholt und auch Jörg getraute sich nicht einmal mehr zu grinsen.

Vater war klar, er musste seiner Frau bepflichten und erklärte seinem Bruder, „weißt du Paul, wir haben jetzt erst einmal wirklich genug von deinen Besuchen. Gönne uns eine Pause. Wir müssen uns deshalb ja nicht böse sein, und wir möchten auch nicht, dass du traurig bist, nur lass uns einfach mal eine Weile in Ruhe, ja. Und wenn du uns später wieder besuchen kommst, dann sei doch einfach mal nüchtern dabei."

Na, das saß. Der Onkel war vor Schreck beinahe wieder nüchtern. Ganz betrübt verabschiedete er sich. „Seid mir doch bitte nicht so böse", meinte er kleinlaut. „Wenn ich euch verspreche, dass ich wirklich ganz friedlich bleibe, kann ich dann nicht doch zu Weihnachten zu euch kommen?" Er war ganz zerknirscht und konnte sich das Fest ohne seine Familie einfach nicht vorstellen, sie waren doch immer zusammen gewesen.

Bevor Vater sich von seinem Bruder doch noch einwickeln ließ, hörte man Mutter energisch sagen. „Paul, es ist genug. Fange bitte nicht an zu diskutieren. Es bleibt, wie wir es gesagt haben, wir feiern in diesem Jahr getrennt. Bitte gehe jetzt!"

Paul erwiderte nichts mehr, er ging mit hängenden Schultern zu Tür. Nicht einmal sein verkohlter Hosenboden wirkte jetzt noch komisch.

Vater brachte seinen Bruder zum wartenden Taxi, während Mutter und Jörg das verwüstete Wohnzimmer aufräumten. Die Mutter träumte dabei von einem Fest ganz in Ruhe und Gemütlichkeit mit ihren beiden Lieben, ohne dabei auf Onkel Paul aufpassen zu müssen.

Als der Vater in die Wohnung kam, hörte Jörg sie sagen: „Weißt du, ich freue mich jetzt auf ein Fest in Ruhe und Harmonie. Vor allem ohne Aufregung und Überraschungen nach der Art von Paul. Ach, das wird wunderbar werden. Nur wir drei zusammen."

„Ja, mir geht es auch so. So gern ich meinen Bruder mag, jetzt habe ich auch erst einmal genug von ihm. Wir werden es uns schön machen und uns nicht aufregen müssen", schwärmte auch der Vater.

Jörg hörte das wegen Pauline mit Genugtuung. Denn eigentlich war sie ja ein Geschenk vom Onkel und er konnte sich nicht denken, dass das Tier nun geschlachtet würde. Mit großer Bestürzung musste er aber hören, wie sein Vater sagte, „weißt du, wir laden Paul später einmal zum Essen zu uns ein, denn das Kaninchen ist ja eigentlich sein Braten. Er bekommt dann etwas anderes Leckeres serviert und wir werden in diesem Jahr ohne einen Betrunkenen am Tisch in Ruhe und Frieden schmausen können."

Der Junge glaubte, er höre nicht recht. Er hatte sich zu früh gefreut. Der Vater sagte leise, weil er meinte, Jörg würde ihn dann nicht hören können, „ich schlachte das Tier an Weihnachten gleich frühmorgens und dann wird sich Jörg auch damit abfinden, du wirst es sehen. Weihnachten ist er doch abgelenkt und mit seiner Vorfreude auf die Bescherung beschäftigt."

Er verstand Mutters Antwort darauf nicht, aber sie hatte jedenfalls nicht protestiert, hatte Pauline nicht verteidigt. Das war schlimm. Nun musste sich der Junge die Rettung Paulines überlegen. Er kam zu dem Entschluss, sie am 24.

Dezember ganz früh, wenn die Eltern noch schliefen, aus dem Haus zu schaffen. Er konnte niemanden mit dem Tier belasten, von Onkel Paul einmal abgesehen. Er war also entschlossen, von seinem Onkel die Rettung Paulinchens zu verlangen. Das war seiner Ansicht nach auch dessen Pflicht und die wollte er von ihm einfordern, schließlich hatte er ja das Tier ja damit in Lebensgefahr gebracht, als er es als zukünftigen Braten bei ihnen ablieferte.

Am 24. Dezember stand er leise in der halben Nacht auf, schlich auf den Balkon und steckte Pauline in eine große Tasche, was diese trotz seiner geflüsterten Erklärung mit Empörung ablehte, wild zappelte und ihn tüchtig kratzte. Zum ersten Mal kam ihm der Gedanke, dass sie vielleicht doch nicht ganz so klug sei, wie er immer annahm, wenn er mit ihr sprach. Dabei hatte er bisher stets das Gefühl gehabt, sie würde ihn genau verstehen. Aber egal, auch wenn sie vielleicht ein wenig dumm sein sollte, ihr Leben musste gerettet werden. Vielleicht hatte Vater mit seiner Bemerkung recht, ein Kaninchen sei ganz anders als ein Hund oder eine Katze. Von denen, so hatte der Vater argumentiert, hätte man mehr, weil sie klüger seien. Dennoch, Jörg fand Pauline süß und liebte sie sehr und zwar so, wie sie nun einmal war. Er glaubte auch nicht, dass sie vielleicht dümmer sei als andere Tiere. Nein, sie war eben anders. Er legte einen Zettel in sein Zimmer, mit der Mitteilung, dass er Pauline zum Onkel zurück bringen würde und ihn auffordern werde, das Tier zu retten und seine Verantwortung für das Leben des Kaninchens zu übernehmen. ‚Ihr seid dazu ja leider nicht bereit', und mit einem Gruß endete die Botschaft. Ganz leise ging er aus der Wohnung und fuhr mit einem der ersten Busse los.

Pauline fühlte sich in der Tasche nicht wohl. Jörg hielt sie auf dem Schoß und auch, wenn er sie streichelte beruhigte sie sich nicht. Sie wollte heraus und rappelte und zappelte, um aus der Tasche zu entkommen. Da halfen auch alle Erklärungen und beruhigenden Worte von Jörg nichts. Sie kannte so etwas nicht und hatte offenbar Angst. Zwar schaffte sie es nicht, zu entkommen, aber sie machte in ihrer Aufregung einen derart großen See, dass die Feuchtigkeit aus den Nähten der Tasche an Jörgs Hosenbein herunter bis in seinen Schuh lief. Pauline war natürlich nicht sauber und die Aufregung schlug ihr auf die Blase. Das war vielleicht unangenehm für den Jungen. Als er dann ausstieg, war das nasse Bein schnell ganz eiskalt und der Stoff hart gefroren. Der Weg bis zum Onkel war schon noch ein ganz schönes Stück zu Fuß und ihm war kalt. Dennoch musste Jörg lachen, weil er nun so bekleckert mit einem brettharten Hosenbein bei ihm in der Frühe ankäme. Na, der würde vielleicht Augen machen und bestimmt klingele ich ihn aus dem Bett, überlegte er. Egal, der hatte bei ihnen schon mehr Scherereien gemacht.

Früh um sechs Uhr morgens klingelte er also bei Onkel Paul. Niemand öffnete die Haustür. Er wartete und klingelte erneut, länger und gleich noch einmal. Wieder geschah nichts. Onkel Paul war nämlich gar nicht zuhause. Der vertrieb sich irgendwo die Zeit. Er hatte so einige Freunde in der Umgebung und wahrscheinlich war er mit denen unterwegs auf einer seiner lustigen Touren, wie er immer erzählte. Na, da stand der Junge nun. Ein eiskaltes Bein, obwohl das andere auch nichtmehr besonders war war, ein randalierendes Kaninchen in der Tasche, aber kein Onkel Paul weit und breit. Er sah die Straße hinauf und hinab, aber kein Onkel war zu entdecken, der vielleicht gerade nachhause käme. Was war nun zu tun?

Als er noch überlegte, wie er weitermachen wollte, hörte er plötzlich, wie jemand zu ihm sprach.

„Ja nanu, is dat denn nich der Jörg? Du möchtest wohl dein Onkel besuchen. Aber schon so früh, inner Nacht am Weihnachtstach? Bist wohl ausm Bett jefalln, watt?" Und dann lachte der Mann.

Jörg war verdutzt, aber dann erkannte er, es war Erwin, einer von Onkels Freunden. Und er war wie meistens, leicht angesäuselt, wie der Junge feststellte. Sein Zustand war aber noch so, dass man zumindest normal mit ihm reden konnte.

Erwin „wohnte" im Park auf einer Bank. Und er versicherte jedem dass er es da viel besser hätte, als alle anderen Menschen, denn er müsse niemals Hausputz machen. Und darüber lachte er dann schallend. So ganz glaubte ihm das aber niemand, denn wer möchte schon im Park auf der Bank leben, also ein Penner sein? Im Winter hielt er sich allerdings viel in Kneipen auf und war deshalb meist etwas mehr angesäuselt als zu anderen Zeiten. Zum Schlafen ging er dann in eine Obdachlosenbleibe, nur gefiel es ihm dort nie und er ging nur hin, wenn die Kälte ihn von seiner Parkbank vertrieb. In seiner Begleitung befand sich ein riesiger verzottelter Hund von unbestimmbarer Rasse. Der beschnüffelte sogleich aufgeregt die Tasche, in der sich Pauline nun vor Schreck ganz still verhielt.

„Was haste denn da drin? Zottel is ja janz aufjerejt", fragte Erwin.

Jörg war froh, dass der Mann da war. Penner oder nicht, hier war jemand, den er kannte und vielleicht hatte Erwin ja einen Rat, wie er weitermachen konnte oder wusste wo der Onkel zu finden wäre. So in der Kälte und Dunkelheit vor der Tür zu stehen war schon sehr unangenehm. Wenn er zurück fuhr, würde Vater Pauline schlachten, also musste er bleiben. Er erzählte Erwin, was oder besser wer in der

41

Tasche war und weshalb er so früh vor Onkels Haus stand. Erwin sah ihn verdutzt an, hielt Zottel kurz und sah in die Tasche.

„Tatsächlich! Da sitz ieen Kaninchen drin", staunte er. Und er war absolut Jörgs Meinung, dass man ein so niedliches Tier nicht aufessen könne. Das tat dem Jungen gut, immerhin war Erwin der erste Mensch, der seiner Meinung war.

„Weißte was", sagte er zu dem Jungen, „lass uns mal nach drüben gehen", und er zeigte auf ein Lokal auf der anderen Straßenseite, „denn zu Otto kommt Paul oft. Vielleicht haste ja Jlück und er taucht bald uff."

„Aber ist denn da schon so früh geöffnet?" Ihm war mit seinem gefrorenen Hosenbein so kalt, dass er sehnsüchtig über die Straße sah.

„Oh ja", strahlte Erwin, „Otto öffnet immer so früh. Er weiß, dass wir jern bei ihm frühstücken und uns uffwärmen wollen. Komm nur mit." Schon ging er mit Zottel voran und Jörg folgte ihm erleichtert bei dem Gedanken an einen warmen Raum.

Ach, war das schön für den Jungen, als er in das warme Lokal trat. In einer Ecke leuchtete ein hübsch geschmückter Tannenbaum. Leise Weihnachtsmusik erklang und alles wirkte behaglich. Der Wirt war ein dicker Mann mit einer roten Nase und einem enorm großen Schnurrbart, dessen Enden er nach oben gezwirbelt hatte. Er lachte laut, als Erwin den Jungen vorstellte und ihm erklärte, weshalb der so früh unterwegs war. Aber auch er hatte Verständnis für Jörg, denn schließlich war er auch einmal ein Junge gewesen und nicht immer mit allem einverstanden, was die Erwachsenen damals taten. Und einem Kaninchen das

Leben retten zu wollen, das war schließlich eine gute Tat, so fand er.

Nun gab es erst einmal Rühreier mit Speck, einen Korb voll Weißbrot und frische Butter für beide. Für Jörg einen heißen Kakao und Erwin bekam einen heißen Tee, „denn du hast heute bereits genug getankt von anderen Getränken", meinte der nette Wirt zu ihm und blinzelte Erwin zu.

Hm, war das ein Duft, der da von dem Teller aufstieg. Jörg bemerkte erst jetzt, dass er großen Hunger hatte, denn er war ja ohne einen Happen gegessen zu haben losgefahren. Erwin wurde etwas nüchterner durch die leckere Mahlzeit. Nun hätte er sehr gern etwas zum Nachspülen gehabt, wie er sich ausdrückte, aber der Wirt gab ihm keinen Wein, er bleib bei seiner Ansicht, dass Erwin vorerst genug gehabt hätte. Hoffentlich taucht Onkel Paul hier bald auf dachte sich Jörg. Er betrachtete Erwin nachdenklich und war sich sicher, dass er bald wieder zu trinken anfangen würde und dann könnte er mit ihm auch nichts mehr anfangen.

Erwin war in gemütlicher Stimmung und begann zu erzählen. Die Behaglichkeit in Ottos Lokal ließ weihnachtliche Erinnerungen bei ihm wach werden.

„Weißte, wie wir früher zuhause immer Weihnachten jefeiert haben?"

Erstaunt sah Jörg den Mann an. Er hatte ‚zuhause' gesagt. Das bedeutete ja, dass er nicht immer im Park gehaust hatte. Darüber hatte er noch nie nachgedacht, woher ein Penner wohl kommen mochte.

„Nö, erzähl doch mal", forderte er ihn auf. Und Erwin berichtete von seinem Elternhaus und seinen Geschwistern und den schönen Weihnachtsbäumen, die sie immer gehabt hatten. Es sei alles so schön gewesen, nur jetzt hätte er niemanden mehr, der zu ihm gehöre. Das mache ihm sonst ja nichts aus, da würde ihm Zottel genügen, nur zu Weihnachten wäre es doch schön, er hätte eine Familie. Jörg staunte immer mehr, während Erwin ganz traurig wurde.

Dem Jungen tat das so leid, dass er anfing darüber nachzudenken, wie er Erwin helfen könnte. Er überlegte, wie er ihm ein schönes Fest gestalten könne. Von Onkel Paul und Paulines Rettung war noch nichts zu sehen und nun hatte er noch ein Problem. Aber er wollte das alles lösen, dazu war er entschlossen. Nur wie, wusste er im Moment noch nicht. Sie waren weiterhin die einzigen Gäste im Lokal und der Wirt hatte ihnen noch einmal Kakao und Tee gebracht. Es war ein freundlicher Mann.

Sie warteten eine weitere Stunde und Erwin erzählte immer mehr. Von seiner Kindheit, von Schulerlebnissen und von seinem Beruf, denn er war ein Tischler und hatte bis vor einigen Jahren noch gearbeitet.

Als endlich die Tür einmal aufging, hoffte Jörg, es sei Onkel Paul Es war aber Anna, Erwins Freundin von der Parkbank. Sie setzte sich zu den beiden. Auch sie war in weihnachtlich wehmütiger Stimmung, denn auch sie hatte kein Familie mehr und Erwin war oft nicht da, wenn sie ihn brauchte. So hatte auch sie heute Sehnsucht nach Geborgenheit und die Behalglichkeit in Ottos Lokal blieb auf sie nicht ohne Wirkung. Natürlich servierte der Wirt auch ihr ein so leckeres Frühstück, das sie erfreut verspeiste.

Als sie hörte, dass Erwin von früher erzählt hatte, wusste auch sie unterhaltsames aus ihrer Kindheit zu berichten. Für den Jungen war das eine ganz neue Welt mit den beiden zusammen. Hatte er sich doch noch niemals darüber Gedanken gemacht, weshalb jemand ohne Wohnung lebte. Ihm wurde nun klar, dass man nicht als „Penner" geboren wurde, sondern dass man im Leben dazu werden konnte, obwohl man aus einer normalen Familie kam. Das erschreckte ihn und er fand, dass die Leute nicht so abfällig von solchen Menschen reden sollten, wie sie es im Allgemeinen tun.

Die Zwei taten ihm so leid, dass er immer entschlossener wurde, ihnen wenigstens heute zu helfen. Wie, wusste er zwar noch immer nicht, er war aber zuversichtlich, dass ihm irgendetwas einfallen würde.

Wieder öffnete sich die Tür und herein kam nun endlich Onkel Paul. Jörgs Erleichterung war jedoch rasch verflogen, denn der Onkel kam an den Tisch und säuselte, „Mensch Erherwin, wo warste denn? Ich habe nach dir gesuhucht."

Doch dann stutzte er, als er Jörg sah. „Ja mein Kaleiner, was tuhust du denn hier?" Dabei beugte er sich vor und wäre beinahe auf den Tisch gefallen.

„Onkel Paul, ich warte hier auf dich. Du musst Pauline retten, sie darf nicht sterben!"

„Wer issen Pauhaulihine?" Fragte der Onkel und hatte inzwischen eine erhebliche Schräglage beim Stehen. Er sah mit glasigem Blick um sich und suchte nach einer Pauline im Lokal.

Jörg wurde es immer mulmiger. Onkelchen hatte tüchtig getankt, wie es sein Vater ausdrücken würde. Der Junge hatte Mühe die Tränen zurück zu halten. Die Enttäuschung über Onkels Zustand war groß und er fürchtete, dass er nichts für das Kaninchen würden tun können, denn er wirkte keineswegs so, als könne er einen klaren Gedanken fassen. Was jetzt, da war guter Rat gefragt. Onkel Paul

45

freute sich darüber, dass er seinen Neffen sah und gab ihm einen Kuss auf die Wange. Jörg fühlte sich ganz schön allein mit seinem Problem und das bemerkte Anna.

Sie fragte, wer denn nun eigentlich in Lebensgefahr sei. Da erzählte Jörg die Geschichte mit dem Braten, zu dem Pauline werden sollte und nun kullerten doch noch einige Tränen. Er konnte es einfach nicht verhindern.

Anna war ganz seiner Meinung, denn sie sah natürlich, wie ernst es dem Jungen war mit der Rettung von Pauline. Sie überlegte mit ihm zusammen, wie sie es anstellen könnten, dass es nicht zur Schlachtung des Tieres kam. Erwin war bei der erneuten Schilderung von Paulines Schicksal, dass er ja schon kannte, fest eingeschlafen. Sie ließen ihn in Ruhe und überlegten.

„Weißt du was, wir müssen deine Eltern einfach davon überzeugen, dass sie davon ablassen."

Jörg winkte nur mutlos ab. „Das habe ich ja immer wieder versucht, Anna. Sie wollen einfach nichts davon hören. Deshalb bin ich ja hier, um Onkel Paul an seine Pflicht dem Tier gegenüber zu erinner, aber du siehst ja selber, von dem ist nichts zu erwarten."

„Na", meinte Anna, „da müssen wir dann wohl mal eingreifen."

„Bis der nüchtern ist, ist Weihnachten vorbei", winkte Jörg mutlos ab und warf einen trüben Blick auf seinen Onkel, der im Tangoschritt vor der Theke herumtanzte und dazu Weihnachtslieder sang. Er wirkte wie ein Tanzbär und schwankte gefährlich hin und her, war aber bester Dinge.

„Nein, nein, lass nur", tat Anna geheimnisvoll, „Otto macht das schon."

Sie ging zu dem Wirt und tuschelte mit ihm. Der schnappte sich daraufhin Onkel Paul, was der ganz toll fand. Dachte er doch, da wolle jemand mit ihm Tango tanzen und legte auch gleich richtig los. Das war vielleicht ein komisches Bild, denn Otto wollte absolut nicht in Onkels Takt laufen, sondern zog ihn nach hinten, in die Küche oder in den Flur. Genau konnte man das nicht sehen. Onkel Paul verschwand samt Otto beide wankend und Paul laut singend aus Jörgs Blickfeld.

„Otto macht das schon", meinte Anna nochmals. „Wir müssen nur noch eine Weile warten, bis es deinem Onkel wieder besser geht."

„Aber so lange kann ich doch nicht bleiben", protestierte Jörg. Er wurde unruhig. Seine Eltern machten sich bestimmt Gedanken, denn er hätte ja längst zurück sein müssen von seinem Onkel. Wie er es auf dem Zettel geschrieben hatte. Aber Anna tröstete ihn.

„Wenn sie wissen wo du bist, machen sie sich bestimmt keine Sorgen, da habe man keine Angst, Jörg. Du wirst sehen, bald kommt dein Onkel und dann kannst du zurück fahren."

Und sie erzählte ihm noch mehr aus ihrer Kindheit und davon, wie sie früher zuhause Weihnachten gefeiert hatten und wie sie damals alle um den schönen Christbaum standen und gemeinsam gesungen haben. Jörg fand das toll. So etwas müssten wir auch einmal tun, dachte er sich. Otto brachte heißen Tee und meinte, die Ausnüchterung von Onkel Paul liefe auf vollen Touren, er solle sich man nur ein wenig gedulden.

In dem Moment war es Paulinchen, die inzwischen friedlich in ihrer Tasche geschlafen hatte, eingefallen, aus dem geöffneten Reißverschluss heraus zu springen. Sie sauste los, quer durch das Lokal. Na, war das ein Schreck für Jörg. Sie zu fassen war gar nicht einfach. Der Wirt, Anna und Jörg versuchten ihr Glück bei ihr, aber sie entwischte ihnen ganz geschickt. Nun griff auch noch Zottel ein und jagte hinter Pauline her, was die nur dazu veranlasste noch mehr zu rasen. Hatte der Hund sie beinahe erwischt, sprang sie auf einen Stuhl und jagte einen Haken schlagend davon. Zottel riss den Stuhl um und hetzte hinterher.

Tische und Stühle kamen in Wanken und Otto lachte so sehr, dass sein ganzer Bauch wackelte und sein Schnurrbart bebte. Er musste eine Pause einlegen und war als Tierfänger nicht mehr zu gebrauchen. Mit so rotem Kopf wie seine Nase schon war, stand er nach Luft schnappend an der Theke und konnte sich kaum halten vor Vergnügen.

Dann aber überlegt Pauline einen Moment zu lange, wohin sie laufen sollte, Zottel war von Anna eingefangen worden, da hatte Jörg sie gepackt. Schon saß sie wieder in der Tasche und tobte.

Otto kam mit einer Handvoll Möhren für sie. „Hier", meinte er noch immer lachend zu dem Tier, „wenn du kein Braten werden sollst, dann sollst du aber auch nicht hungern."

Friedlich ratzelnd, als hätte sie niemals versucht auszureißen, saß Pauline nun wieder in der Tasche und ließ sich die Möhren schmecken. Jörg leinte Zottel an, damit er Pauline in Ruhe ließ, und als der merkte, er kam nicht an sie heran legte er sich friedlich hin. Erwin saß noch immer in seiner Ecke auf dem Stuhl und schlief fest. Er hatte von all dem gar nichts bemerkt. Inzwischen war es Mittag geworden, nur von Onkel Paul in nüchternem Zustand keine Spur.

Otto servierte allen eine leckere Kartoffelsuppe mit Würstchen und meinte, die Suppe sowie das Frühstück wären von ihm eine Weihnachtsspende für sie alle und sie sollten es sich schmecken lassen. Das taten sie gern.

****

Zuhause hatten die Eltern Jörgs Mitteilung gefunden. Nachdem der Vater zuerst ganz böse war, musste er aber doch lachen, dass Jörg ausgerechnet seinen Bruder Paul an seine Verantwortung für ein Kaninchen erinnern wollte.

„Wenn ich bedenke, dass Paul nicht einmal die Verantwortung für sich selber richtig übernehmen kann, dann finde ich die Idee von unserem Sohn schon sehr komisch", schmunzelte er.

Seine meinte, „aber der Junge hat ja eigentlich gar nicht so verkehrt gedacht. Schließlich ist es ja wirklich Pauls Idee gewesen, dass die Pauline geschlachtet werden sollte. Wir hätten uns einfach eher auf Jörgs Wunsch einlassen sollen. Er liebt das Tier und ich mache mir heftige Vorwürfe, dass wir ihn so übergangen haben", sagte sie traurig.

„Das geht mir auch so", tröstete sie ihr Mann. „Und ich versprech dir, wohin er sein Paulinchen auch bringen mag, er darf sie wieder nachhause holen und ich werden dem Tier kein Haar krümmen. Das steht fest für mich. Ich habe großen Respekt vor seiner konsequenten Handlungsweise und das werde ich ihm auch sagen. Wenn er nur erst wieder hier ist." Sie gingen beide zum Fenster, aber von Jörg war weit und breit nichts zu sehen.

„Mache dir nur keine so großen Sorgen", tröstete Jörgs Mutter ihn als er nervös wurde. „So unmöglich Paul auch manchmal ist. Wenn es darauf ankommt, dann hat er seine Sinne schon beisammen und er wird Jörg auch rechtzeitig zurück schicken. Ich gehe jetzt erst einmal einkaufen, denn nun wird es morgen einen anderen Braten geben. Das werden wir schon schaffen, ich muss ja nicht das teuerste Fleisch kaufen. Im Grunde bin ich froh, dass es so gekommen ist. Irgendwie war mir nicht wohl dabei, dass wir unser Kind so enttäuschen."

Fröhlich ging sie los, um ihre Besorgungen zu erledigen. Und sie freute sich auf besinnliche Feiertage, die nun ganz gewiss ungetrübt und ungestört verlaufen würden. ‚Ach einmal ein ganz ruhiges Weihnachtsfest, ohne dass Paul einen über den Durst trinkt, nur wir drei zusammen, das wird bestimmt wunderschön. Und nun hat Jörg auch allen Grund zur Freude', dachte sie zu zufrieden.

****

Pauline, die ihre Möhren verputzt hatte, war zum Glück wieder eingeschlafen. Zuvor hatte sie jedoch noch einen See gemacht, den Jörg aufwischte, denn die Tasche stand auf dem Boden und er wollte dem netten Otto nicht das Lokal verschmutzen. Der hatte dabei nur noch lauter gelacht als vorher. Er war schon ein putziger Mann, der hatte das Herz auf dem rechten Fleck, dachte sich der Junge.

Plötzlich kam Onkel Paul wieder zum Vorschein. Wie auch immer es möglich gewesen war, Otto hatte ihn soweit wieder hergestellt, dass er nun mitbekam, warum sein Neffe mit dem Karnickel, wie er sagte, bei ihm aufgekreuzt war. Jörg verlangte so energisch, dass er sich für das Tier ein-setzen solle, dass sein gutmütiger Onkel gar nicht anders konnte, als sich einverstanden zu erklären. Wie er aber das Karnickel retten sollte, das war ihm nicht klar. Er hatte keinen Balkon und auch keinen Garten – wo sollte er das Tier also lassen?

„Na, das ist doch gar nicht so schwer", schaltete sich Anna nun ein. „Ich habe ja schon einmal gesagt, dass Jörgs Eltern davon überzeugt werden müssen, dass sie das Tier am Leben lassen. Jörg, du kannst es dir ja einfach zu Weihnachten wünschen."

„Ja, das ist eine gute Idee, aber ich glaube nicht so richtig daran, dass das klappt. Schließlich wollen Vati und Mutti es ja ganz anders."

„Das werden wir ja sehen. Ich komme mit und unterstütze dich. Es war meine Idee, dass wir die Pauline aufessen, ich habe sie euch angebracht und nun habe ich mir das eben anders überlegt, das wird schon klappen", ließ sich Onkel Paul vernehmen. Er war jetzt ganz der Ritter in schimmernder Rüstung, angetreten einem Kaninchen das Leben zu retten und entschlossen, seinem Neffen beizustehen.

„Ich unterstütze dich auch, ich komme auch mit und gemeinsam schaffen wir das", hörte er von Anna, „wir reden mit deinen Eltern und werden sie gewiss überzeugen."

‚Ach du mein Schreck', dachte Jörg nun. Ihm fiel ein, dass sich seine Mutter einmal auf ruhige und ganz ungestörte Weihnachten gefreut hatte. Nun hatte er mit seiner Rettungsaktion für Pauline zuhause bestimmt schon für genügend Aufregung gesorgt, aber wenn er nun auch noch mit Onkel Paul und Ana ankam – ach du liebe Zeit! Was seine Mutter davon halten würde, das konnte er sich ja vorstellen. Aber gleichzeitig dachte er sich, das sei eigentlich die Idee!!! Es ging ja gar nicht mehr nur alleine um Pauline, um die würde er schon kämpfen. Nein, es ging auch um Anna, um Onkel Paul und auch um Erwin mit Zottel. Es war doch nicht möglich, dass er jetzt nachhause fuhr, um ein schönes Weihnachtsfest zu haben und sie mussten hier ohne jede Familie bleiben und alle waren traurig. Die beiden im kalten Park oder auf Bahnhöfen bis sie abends in die Obdachlosen-Unterkunft hinein durften. Das hatten sie einfach nicht verdient. Sie waren alle so nett und hilfsbereit zu ihm gewesen. Wo sollten sie denn das Fest feiern? Otto schloss sein Lokal in einer Stunde, der hatte schon so viel für seine Gäste getan. Inzwischen war es nachmittags und er hatte auch seinen Feierabend verdient. Sollten sie vielleicht in die erleuchteten Fenster mit all den Tannenbäumen sehen? Und Onkel Paul allein bei sich in der Wohnung, oder alle dort ohne jeden Fest-schmuck, kein Tannenbaum, kein leckeres Essen? Das kam nicht in Fragen. Er war entschlossen seinen Onkel und dessen Freunde, die ja auch irgendwie seine geworden waren, mit zu nehmen.

„Na klar kommt ihr beide mit, aber Erwin und Zottel auch. Und ihr werdet mit mir und meinen Eltern zusammen Weihnachten feiern, ich lade euch alle ein."

Onkel Paul meinte aber, „nein Jörg, das geht nicht. Deine Eltern haben mich ja in diesem Jahr zum Fest regelrecht ausgeladen. Das kann ich auch gut verstehen. Ich schäme mich noch immer über meinen Auftritt beim letzten Besuch und deshalb werde ich nicht bleiben."

„Das wäre ja noch schöner, dass du wieder gehst", protestierte Jörg. „Du musst mir nur versprechen, dass du nicht wieder auf dem Tisch sitzt oder etwas umreißt, wenn du tanzt. Am besten wäre es, dass du das Tanzen ganz sein lässt. Du wirst sehen, dann gibt es auch keinen Ärger. Mutti und Vati haben dich doch lieb."

„Meinst du wirklich", fragte der Onkel zaghaft.

„Bestimmt", kam es fest von Jörg. „Aber nun lasst uns gehen, es wird wirklich Zeit, dass ich zurück komme."

Erwin wurde geweckt und Jörg sagte ihm, dass er ihn zu Weihnachten nachhause einladen wolle. Der freute sich so sehr, dass der Junge erst recht der Ansicht war, das sei eine gute Idee, die Freunde mitzunehmen. Sie verabschiedeten sich von Otto und gemeinsam machten sie sich alle vier auf den Weg. Nein, eigentlich waren es ja sechs, denn Pauline und Erwins Zottel waren ja auch dabei.

Es fing schon an zu dämmern, als sie aus dem Bus stiegen. Die Eltern hatten immerzu nach Jörg Ausschau gehalten. Sie waren inzwischen doch beunruhigt, weil er solange ausblieb. Paul hatte kein Telefon, so konnten sie auch keinen Kontakt zu ihm aufnehmen und mussten in Ungewissheit warten.

„Wenn er doch nur endlich käme", sorgte sich die Mutter „so lange kann das doch gar nicht dauern."

Immer wieder gingen sie zum Fenster. Dann rief sie, „jetzt, jetzt kommt er um die Ecke. Ach, wie bin ich erleichtert! Aber die Tasche hat er dabei, ob da wohl Pauline drin ist?"

„Vielleicht hat es mit der Übernahme bei Paul doch nicht geklappt", meinte der Vater. „Er wird wohl wieder einen gesäuselt haben und war gewiss nicht einsatzfähig."

Plötzlich rief seine Frau ganz entsetzt, „nein! Nein, das darf doch wohl nicht wahr sein!"

„Was ist denn los?" Der Vater eilte zum Fenster.

„Sieh nur, was der Junge da außer dem Kaninchen noch mitbringt. Da ist nicht nur Paul dabei, sondern auch noch seine merkwürdigen angestaubten Freunde Erwin und Anna. Ich fass es ja nicht. Die kommen mir nicht in die

Wohnung!" Mutter war wütend und lief in die Küche. Die Tür schlug heftig zu. Der Vater stöhnte und wünschte sich weit fort, denn er hatte die dunkle Ahnung, dass der unangenehme Teil, der nun folgte, an ihm hängen bleiben würde.

Schon klingelte es und sie kamen alle zusammen die Treppe hoch. Sein Jörg stand unsicher mit leicht beschämtem Gesicht in der Tür, die Tasche fest im Arm.

„Vati", bat er, „kannst du denn nicht einsehen, dass Pauline sich nicht als Braten eignet, ich habe sie doch so lieb. Onkel Paul, Anna und Erwin sind auch der Ansicht, dass du sie leben lassen solltest. Bitte, schlachte sie doch nicht."

„Das darfst du wirklich nicht tun", bestätigte Paul und Anna und auch Erwin nickten dazu so kräftig mit den Köpfen, dass sie richtig komisch aussahen.

„Ist ja schon gut, mein Junge. Ich habe ja eingesehen, dass ich Unrecht hatte. Du darfst das Kaninchen behalten und ich werde ihm nichts tun, das verspreche ich dir."

Da war der Junge so froh. Er fiel dem Vater um den Hals und jauchzte so laut los, dass Pauline erschrocken aus der Tasche sprang und durch den Flur davon sauste.

„Ach du Schreck", rief Vater aus, denn sofort setzte Erwins Zottel hinter dem Kaninchen her. Zottel hatte mit so einem Ruck an seiner Leine gerissen, dass Erwin das Gleichgewicht verlor und lang im Flur auf dem Boden lag. Beim Umfallen hatte er versucht an der Garderobe Halt zu finden, und den Mantel von Vater abgerissen. Anna und Paul stürmten gemeinsam mit Jörg und Vater hinter Pauline durch den Flur, während Zottel wie verrückt bellte und versuchte das Kaninchen zu erbeuten.

Erwin lag auf dem Boden und schrie aus Leibeskräften, „Zottel, bei Fuß", aber der dachte gar nicht daran zu gehorchen. Der Schirmständer aus Messing fiel scheppernd um und ein kleiner Schrank lag auch gleich umgekippt da, während Zottel wild darüber hinweg sprang, Pauline einen Haken schlug und Vater beinahe zu Fall brachte, der Halt an der Garderobe fand, aber mit selbiger zu Boden ging und neben Erwin landete. Es war ein riesiges Spektakel, alles rief und schrie durcheinander, „Zottel hierher, Zottel halt, Zottel bei Fuß, Pauline nein, Pauline halt", so ging es zu. Es war so turbulent, wie es nur sein konnte, wenn Paul bei ihnen auftauchte, dachte Vater und beteiligte sich nun wieder eifrig an der Jagd. Dann endlich hatte Jörg seine Pauline im Arm und Zottel wurde von Erwin am Halsband gehalten, obwohl er noch immer auf dem Boden lag. Langsam rappelte er sich auf und kämpfte mit seinem aufgebrachten Hund, der sich nicht so leicht beruhigen ließ. Paulines Blase machte wieder einmal nicht mit, und strampelnd auf Jörgs Arm machte sie ihn von oben bis unten voll. Er brachte sie rasch auf den Balkon, wo sie erleichtert in ihrem Käfig verschwand und sich in ihrem Häuschen im Heu einkuschelte. Für heute hatte sie wohl genug Aufregung gehabt.

Jörg kam in den Flur zurück, wo noch immer alle leicht verlegen versuchten, die Ordnung wieder herzustellen. Vater versuchte sich ein Herz zu fassen und seinen Bruder samt seiner merkwürdigen leicht angeschmuddelten Freunde aus der Wohnung zu komplimentieren. Das war aber gar nicht so einfach, denn es fiel ihm schwer das wirklich auszusprechen.

Jörg stellte sich zu seinen Freunden. „Du kennst Anna und Erwin, Vater", sagte er. „Sie haben mir heute sehr geholfen und ich habe sie mit Onkel Paul zu uns eingeladen, damit sie zum Weihnachtsfest nicht allein sind. Sie sollen es auch schön haben, denn sie haben es verdient. Sie haben sich den ganzen Tag um mich gekümmert."

Bevor Vater sich von seinem Schreck erholt hatte, öffnete sich die Küchentür und die Mutter trat in den Flur. „Du hast waaas?" Fragte sie verblüfft und war ganz und gar ablehnend. „Leider", sagte sie eisig zu Jörgs Gästen, „habe ich nicht genügend zum Essen im Haus, um alle aufgelesenen Freunde meines Sohnes zu beköstigen. Ich muss also darum bitten, dass ihr alle wieder geht."

Jörg war wie erstarrt. Das hätte er von seiner Mutter nicht erwartet. Anna und Erwin verabschiedeten sich sofort und Paul sah betreten zu Boden. Als sie dann aber draußen im Hausflur standen und die Köpfe hängen ließen, kam sich die Mutter schäbig vor. ,Was tue ich hier eigentlich', ging es ihr durch den Kopf. Sie kam sich grausam vor und verstand sich selber nicht. Da standen nun diese armen Menschen bei ihr und sie war dabei, sie vor die Tür zu jagen. Alle waren ganz betreten, so peinlich war die Situation. Schon begannen sie die Treppe hinab zu steigen.

Da ging die Mutter nach draußen und sage leise, „nein, bitte verzeiht. Ich war ungehalten, das stimmt, aber ich möchte, dass ihr bleibt."

Nun wollten die anderen aber nicht mehr stören und waren entschlossen zu gehen. „Nein", sagte Paul fest, „wir wollten ja nur dem Jörg mit seinem Kaninchen helfen. Das ist nun getan, wir gehen", und er dreht sich um. Anna und Erwin sprachen durcheinander, man hörte, „nicht stören wollen, brauchen doch nicht zu bleiben, gehen wieder", aber es klang alles sehr betrübt.

„Bitte, ich habe es nicht so gemeint, ich war doch nur aufgeregt, weil Jörg so lange weg war und ich mir Sorgen gemacht habe. Ich war einfach durcheinander. Bitte bleibt hier und lasst uns zusammen Weihnachten feiern." Sie öffnete die Wohnzimmertür und schaltete die Lichterkette am Baum ein. Da kamen die Drei ganz schüchtern und still etwas näher. Sogar Zottel verstand die Situation und verhielt sich ruhig. Mutter sah ihre Augen, wie sie den Baum bestaunten und war glücklich darüber, dass sie diese Menschen nicht wirklich auf die Straße gejagt hatte, nur weil sie nicht so ordentlich aussahen wie sie selber.

Vater bat jetzt alle ins Zimmer. Auch er war über diese Wendung froh und erleichtert, denn die Leute taten ihm leid und seinen Bruder hatte er ja trotz dessen Marotten von Herzen gern. Jörg zog rasch seine verschmutzte Kleidung aus, dann war er schon wieder da. Er freute sich sehr, dass seine Freunde doch bleiben durften.

Man setzte sich gemütlich zusammen und seine Sorge, dass es an diesem Abend mit den Onkel doch noch zu Schwierigkeiten käme, bewahrheitete sich nicht.

Paul sagte zu seiner Schwägerin, „danke, meine Liebe, du bist sehr großzügig zu uns. Ich habe aber eine Bitte an dich. Wir wollen heute am Heiligen Abend bei euch nur Freude machen und darum gib uns bitte nur Tee und keinen Wein zu trinken", und er zwinkerte ihr zu. Die atmete erleichtert auf und gab ihrem Schwager einen Kuss auf die Wange. Hatte er sie doch gut verstanden.

Jörg ging noch einmal zu Paulinchen, die sich inzwischen mit frischem Heu, Möhren und Äpfeln vollgefuttert hatte und sich wohlig in ihrem Schlafhäuschen ausstreckte. Sie war gewiss sehr froh, endlich wieder zuhause zu sein. Sie sah zufrieden zu Jörg und ob sie ihn nun verstand oder nicht, sie war sein geliebtes Tier und würde bei ihnen ein schönes und umsorgtes Leben haben.

Mutter brachte Kartoffelsalat und Würstchen herein und man ließ es sich schmecken. Für Zottel hatte sie eine ordentliche Portion Leberwurstbrote, die der Hund im Nu verputzte. Dann schlabberte er einen Wassernapf fast leer und legte sich mit wohligem Brummeln vor den Baum. Dort schlief er tief und friedlich ein.

Die Menschen, die da auf so unverhoffte Weise aufeinander getroffen waren, saßen nun ganz vertraut beisammen. Sie unterhielten sich und es wurde richtig gemütlich. Erwin und Anna erzählten nochmals, wie sie früher in ihrer Kindheit mit den Eltern Weihnachten gefeiert hatten und man lachte gemeinsam über lustige Begebenheiten aus ihrem jetzigen, etwas wilden Leben. Sie waren so nett und warmherzig, dass sich die Mutter schämte, weil sie diese Menschen so sehr abgelehnt hatte.

Als Anna fragte, ob sie nicht zusammen Weihnachtslieder singen wollten, meinte Vater, „aber wir können das gar nicht", wir hören immer nur Lieder von der CD oder aus dem Radio. Wir haben noch nie selber gesungen."

„Das macht nichts, ich kann das", meinte Anna „und ihr könnt doch einfach mitsingen." Und sie fing an mit einer so schönen Stimme ‚Stille Nacht, heilige Nacht' zu singen, dass alle nur staunten. Die anderen sangen einfach mit. Vater ein wenig brummend und falsch, Erwin etwas schrill, während Mutter und Jörg versuchten den Ton zu halten. Wenn Erwin mit dem Text nicht klar kam, summte er fröhlich die Melodie. Anna aber sang einfach wunderbar.

Der Abend verging in froher Gemeinsamkeit und als es Zeit wurde zu gehen, lud Paul seine Freunde ein, die Nacht bei ihm zu verbringen. „Heute solltet ihr wirklich nicht in dem Obdachlosenheim sein, wo ihr euch nicht wohl fühlt. Ich habe zwar wenig Platz, aber besser als im kalten Park oder auf den Bahnhöfen ist es allemal", entschied er. Als sich die Gäste verabschiedeten, hatte jeder von ihnen ein strahlendes Lächeln auf dem Gesicht und so fuhren sie mit Paul nachhause.

Jörg hörte die Mutter später zu Vater sagen, „weißt du, dies war ein ganz besonders schöner Heiliger Abend für mich. Nie hätte ich das gedacht, als ich die Drei ankommen sah."

‚Und alles das', dachte sich der Junge, ‚haben wir eigentlich Paulinchen zu verdanken'. Dass es in Wirklichkeit aber alles durch ihn so gekommen war, darauf kam er gar nicht, denn dazu war er zu bescheiden.

******

Nur noch ein Tag bis zum Heiligen Abend. In fast allen Häusern herrschte geschäftiges Treiben und Vorfreude auf das Fest.

Susanne jedoch freute sich nicht. Sie war so unglücklich und traurig wie noch nie in ihrem Leben. Niemand konnte ihr helfen, so dachte sie, denn ihr Hund war gestorben. Zum ersten Mal musste sie einen so großen Schmerz ertragen und das war ihr kaum möglich.

Gestern, so kurz vor Weihnachten war das passiert. Er war ihr liebster, lieber Basti gewesen. Er hatte keiner bestimmten Rasse angehört, war fast so groß wie ein Schäferhund und so, so lieb. Schwarzes Fell hatte er gehabt, mit einem weißen Fleck auf der Brust. Die Eltern waren auch traurig und versuchten ihre Tochter zu trösten. Susanne aber war ganz fassungslos. Ihr Hund war ihr liebster Kamerad, ihr treuester Spielgefährte gewesen. Sie wohnten weit weg vom Dorf am Rand des Waldes und ihr einsam gelegenes Haus hatte bewirkt, dass sie oft Basti und keine Kinder zum Spielen hatte. Das hatte sie jedoch niemals gestört. Und obwohl sie natürlich wusste, dass Hunde eine viel kürzere Lebenserwartung hatten als Menschen, konnte sie sich nicht damit abfinden, dass ihr so sehr geliebter Basti nun nicht mehr da war.

Die Eltern versprachen ihr, sie würden gleich nach dem Fest in die Stadt fahren und dann dürfte sie sich im Tierheim einen neuen Hund aussuchen. Der Vater hatte gerade jetzt vor den Feiertagen noch viel im Büro zu tun und meinte, um einen Hund zu kaufen, bräuchte es etwas mehr Ruhe und die hätte er nach den Feiertagen ganz bestimmt. Er nahm seine Susanne in die Arme und versprach ihr ganz fest, dass sie jeden Hund, der ihr gefiel, haben könnte.

Ach, was nützte das alles? Sie wollte Basti und Basti konnte ihr niemand mehr zurückgeben. Sie mochte sich einfach nicht trösten lassen, vergrub sich in ihrem Kummer und bemerkte dabei gar nicht, dass sie damit auch den Eltern wehtat, die ihr doch helfen wollten.

Worüber sollte sie sich also freuen zu Weihnachten. Bestimmt hatten die Eltern etwas Hübsches für sie, aber sie hatte daran kein Interesse. Immer musste sie daran denken, dass Basti dort draußen im Garten begraben lag. Morgen würden die Großeltern zum Weihnachtsfest kommen. Ein Ereignis, dem Susanne sonst immer mit großer Vorfreude entgegen sah. Aber in diesem Jahr, da war alles nicht wichtig.

War sie sonst gern dabei, wenn es vorzubereiten galt für das Weihnachtsfest, so lag sie nun in ihrem Zimmer ohne jedes Interesse.

„Was sollen wir nur mir ihr tun?" Mutter sah den Vater besorgt an. „Wenn sie so weiter weint, bekommt sie vor Kummer noch Fieber. Ob ich vielleicht den Arzt anrufe?"

„Ich glaube, das brauchst du nicht", meinte der Vater. „Lass sie sich ausweinen, das hilft ihr jetzt. Ich habe das als Junge auch einmal durchgemacht. Das ist ein sehr großer Kummer. Wenn sie dann erst einen neuen Hund hat, wird sie auch wieder froh sein. Deshalb vergisst sie ihren Basti ja nicht. Du wirst sehen, sie wird sich beruhigen."

Aber Susanne beruhigte sich nicht. Sie wollte sich gar nicht beruhigen. Wenn sie vom Weinen müde war, schlief sie vor Erschöpfung ein. So ging der Tag dahin. Als sie am

Morgen aufwachte, war alles wie am Tag vorher. Sie sollte mit zum Bahnhof, die Großeltern abholen. Nicht einmal das mochte sie. So blieb sie zuhause. Es regnete und das scheußliche Wetter heiterte sie erst recht nicht auf.

Nun ging ihr durch den Kopf, dass sie in diesem Jahr Weihnachten überhaupt nicht zuhause sein wollte. Am besten, sie fuhr mit der Bahn in die Stadt und ging in ein Hotel, bis die Feiertage vorbei waren. Da erinnerte sie wenigstens nichts an Basti. Die Eltern sollten sich aber nicht sorgen. So schrieb sie schnell auf, dass sie über die Feiertage in ein Hotel ziehen würde, und nach dem Fest wolle sie wieder zurückkommen.

‚Ihr müsst bitte verstehen', schreib sie dazu: ‚Weihnachten ohne meinen Basti, das geht einfach nicht.'

Dass sie mit ihren zehn Jahren gar kein Hotelzimmer allein mieten könnte, darauf kam gar nicht. Auch dass man vor seinem Kummer, und sei er noch so schwer, nicht davon laufen konnte, bedachte sie nicht. Sie wollte nur fort.

Schnell zog sie sich an, nahm etwas Geld aus der Spardose und lief aus dem Haus. Vor der Tür fiel ihr ein, dass sie ja am Bahnhof unweigerlich mit der Mutter die die Großeltern abholen wollte, zusammentreffen würde. So lief sie in die andere Richtung. Sie wollte durch den Wald zur nächsten Station. Sie meinte, sich genügend auszukennen, um den Weg zu finden. So war sie mit dem Vater im Sommer schon einmal zur Bahn gegangen. In zweieinhalb Stunden müsste sie den Bahnhof erreichen. Das war nicht schwierig, dachte sie sich. Der Weg war sehr schön gewesen, den würde sie finden. Sie war mit Basti oft und lange Spazierwege gegangen. Heute jedoch waren kalter Wind und Regen ihre Begleiter auf ihrer einsamen Wanderung.

Inzwischen waren Mutter und die Großeltern nachhause gekommen. Als sich Susanne nicht zeigte und auch auf rufen nicht reagierte, meinte die Mutter, sie wäre sicher endlich eingeschlafen.

„Dann wollten wir sie nicht stören", sagte der Opa.

„Ja", meinte die Oma, „lassen wir sie schlafen, dann fühlt sie sich nachher vielleicht etwas besser."

Der Vater kam kurz darauf nachhause, und er wollte seine Susanne auch nicht stören. So setzte man sich zu Tisch. Anschließend legten die Eltern und Großeltern alles für die Bescherung bereit. Jeder ging und sprach recht leise, damit Susanne nicht aufwachte.

Die aber war dabei, weiter durch den Wald in Kälte und Regen zum Bahnhof zu laufen. Sie fing an, sich langsam zu sorgen, dass sie sich verlaufen haben könnte. Sie war jetzt lange genug unterwegs, um den Bahnhof erreicht z haben. Aber nichts war zu sehen. Keine Gleise, keine Geräusche fahrender Züge, geschweige denn die Station mit ihren Lichtern.

So ging sie einfach weiter und dachte, sie hätte wohlmöglich die Zeit falsch in Erinnerung, es war vielleicht doch weiter als sie angenommen hatte. Der Regen und der eisige Wind machten ihr zu schaffen. Obwohl sie in der letzten halben Stunde sehr schnell gegangen war, fror sie sehr. Sie fing jetzt an zu laufen, dann würde sie schon wieder warm werden, meinte sie. Außerdem wurde es nun dunkel und es war höchste Zeit, dass sie zur Bahn kam.

Sie begann, sich zu fürchten. Wieder musste sie an Basti denken. Wenn er jetzt hier wäre, hätte sie keine Angst. Schon musste sie wieder weinen. Der Regen peitschte ihr in das Gesicht und die Tränen kullerten. So konnte sie nicht genug sehen, stolperte, fiel hin und war noch nasser als vorher. Der Waldboden war aufgeweicht und matschig. Sie lief immer am Wegrand, dort war der Boden fester und nicht so mit Pfützen bedeckt. Sie wischte sich die Tränen ab und schaute sich um. Noch immer keine Gleise, keine Station! Jetzt war ihr klar, sie hatte sich verirrt. Und ihr war noch eines klar. Nämlich, was sie niemals hätte tun dürfen: von zuhause einfach weglaufen. Egal was passiert war. Basti kam nicht wieder, egal wohin sie ging. Was war ihr nur eingefallen! Sie konnte sich selber nicht mehr verstehen. Sie wusste ja, welchen Kummer sie den Eltern nun gemacht hatte und schämte sich für ihr unbesonnenes Verhalten.

Der Wind blies heftig und durch einige Wolkenlöcher blinkten die Sterne. Es war stockdunkel im Wald und sie hatte keine Ahnung wo sie war. Blankes Entsetzen packte sie. Sie lief den Weg weiter entlang, weil sie dachte, es sei besser als umzukehren, denn sie wusste ja gar nicht mehr, von wo sie gekommen war. Sie fror so sehr, dass ihre Zähne aufeinander schlugen. Sie fürchtete sich, wie noch nie in ihrem ganzen Leben.

Nach einiger Zeit sah sie schemenhaft weiter vorn auf dem Weg eine Schutzhütte auftauchen. ‚Dort gehe ich jetzt hinein‘, dachte sie sich. ‚Ich bin so müde, nass und kalt, ich kann nicht mehr weiter. Ich muss mich jetzt ein wenig ausruhen.‘ So stolperte sie den Weg weiter voran und war erleichtert, als sie die Hütte erreicht hatte. Zwar war das nur ein offener Unterstand mit einer Bank darin, aber er bot ihr Schutz vor dem Regen und zum Teil auch vor dem eisigen Wind. ‚Nur erst einmal hinsetzen und ausruhen, dann sehe ich weiter‘, dachte sie sich. Sie betrat die dunkle Hütte und war so froh, dass sie hier wenigstens im Trockenen war.

Bevor sie sich aber setzen konnte, sprang von der Bank ein dunkler Schatten auf sie zu. Susanne war so erschrocken, sie konnte keinen Laut von sich geben. Sie sackte einfach zusammen und fiel mit dem Kopf hart auf den Boden. Sie hatte das Gefühl, sie drehe sich wie in einem Karussell und es fing an in ihren Oren zu rauschen. Sie hatte plötzlich Fell in der Hand und sie glaubte eine feuchte Zunge an ihrer Wange zu spüren. „Basti? Basti, bist du da", fragte sie, doch dann verlor sie die Besinnung.

****

Zuhause waren sie nun so weit, dass die Bescherung losgehen sollte. Den Weihnachtsgottesdienst hatten sie wegen Susanne auf den 1.Feiertag verschoben.

„Ich werde sie wecken gehen", sagte die Mutter.

Vater saß mit den Großeltern noch in der Küche, die Tür zum Wohnzimmer war zu, damit Suanne nicht sofort den Weihnachtsbaum sehen würde, wenn sie hinunter kam. Oma wollte Kaffee brühen und nahm die Kaffeedose aus dem Schrank. Da gellte ein Schrei durch das Haus. Anstatt Susannes, hatte die Mutter ihren Brief gefunden. In der Küche sprangen der Vater und der Opa entsetzt auf. Die Kaffeedose entglitt der Oma und alle stürzten in Susannes Zimmer.

Die Mutter saß ganz blass auf dem Bett. Sie zeigte nur stumm auf den Brief. Der Vater las mit ganz fremder Stimme vor: Liebe Eltern, liebe Großeltern, macht euch keine Sorgen. Ich fahre in die Stadt und gehe in ein Hotel. Ich bin bald wieder bei euch, aber Weihnachten ohne Basti, das geht einfach nicht. Bitte seid nicht traurig, ihr versteht mich bestimmt. Eure Susanne.

„Und wir denken, dass sie schläft", schluchzte die Mutter.

„Das arme Kind, wo mag sie jetzt sein?" Die Oma weinte.

„Ruft sofort die Polizei an", sagte der Opa, „man muss sie suchen."

„Ja", meinte der Vater auch, „das ist das Beste." Er eilte zum Telefon und wählte den Notruf. Dabei überlegte er, dass Susanne ja gar nicht zum Bahnhof gegangen sein konnte, um in die Stadt und in ein Hotel zu gelangen. Dabei hätte sie ja auf seine Frau treffen müssen. Also, dachte er, ist sie durch den Wald zur nächsten Station, wie er im Sommer damals mit ihr einmal gegangen war. Er konnte sich aber nicht denken, dass man sie dort so ohne weiteres losfahren ließ. Das war ein ganz kleiner Bahnhof, das Personal kannte die Leute der Gegend gut und ein durchnässtes Kind – und sie musste ja inzwischen klitschnass sein bei dem Wetter – wäre dort aufgefallen. Da man aber von da nichts gehört hatte, dachte er mit Schrecken, sie müsse sich dann wohl verlaufen haben und würden nun durch den finsteren Wald irren.

Das alles erzählte er dem Beamten am Telefon und kurze Zeit später fuhr ein Funkwagen am Haus vor. Die Polizisten hörten sich alles an und lasen Susannes Brief.

„Da können wir nichts tun, ich fordere sofort Hundeführer an", sagte einer, „wenn sie wirklich durch den Wald gegangen ist, finden wir sie mit den Hunden bestimmt", tröstete er die entsetzte Familie.

Es hatte nun aufgehört zu regnen, aber es wehte ein noch eisigerer Wind als zuvor. Da tat Hilfe bitter Not, sollte Susanne noch immer im Wald sein. Sicherheitshalber rief man noch beide Bahnhöfe an, aber niemand hatte das Mädchen gesehen. Auch in den Hotels der kleinen Stadt fragten sie nach, obwohl es ihnen sinnlos erschien.

Natürlich hätte man sofort reagiert, wäre Susanne dort angekommen, das wurde ihnen auch versichert.

So kam es, dass bald darauf zwei Polizeihunde Susannes Spur aufnahmen. Die Hundeführer hatten sich von der Mutter einen Pulli von Susanne geben lassen, den sie am Tag zuvor getragen hatte. So konnten die Tiere Susannes Spur wittern, weil sie ihren Geruch erkannten. Vater und Mutter gingen mit. Davon waren sie nicht abzubringen. Auch die Großeltern wollten unbedingt mitgehen, aber die Polizisten rieten ihnen ab. Es würde vielleicht lange dauern, bis sie Susanne fanden, außerdem musste auch jemand zuhause am Telefon sein. Es könnte ja sein, dass man das Kind inzwischen irgendwo gefunden hatte. Also ging es los. Die Hundeführer hatten Sprechfunkgeräte mit und sehr helle Lampen. So wie Vater befürchtet hatte, führte die Spur direkt in den Wald.

Die Oma ging zurück ins Haus und füllte eine Wärmflasche mit heißem Wasser, die sie in Susannes Bett legte.

„Was soll das denn", wollte ihr Mann wissen.

„Wenn sie mir ihr kommen, braucht sie ein warmes Bett", sagte sie.

„Ja, wen ...", antwortete der Opa.

„Hör bitte auf, so etwas darfst du nicht sagen", rief die seine Frau und dann weinten die beiden alten Leute. Sie konnten nichts weiter tun als warten. ‚Wenn doch nur ein Anruf käme, dass man sie gefunden hätte', dachten sie. Aber so oft sie auch zum Telefon sahen, es klingelte nicht.

Im Wald liefen die Hunde auf Susannes Spur. Sie war ja wegen der Pfützen am Wegrand unter den Bäumen gegangen, dort waren dicke Wurzeln und es war nicht so matschig und nass. So hatten die Hunde wenig Mühe, ihrer Spur zu folgen.

Nach einer Stunde wurde es allen sehr bange um sie, denn der Wind wurde immer eisiger und jeder der vier Leute wusste, sie konnte unmöglich noch immer laufen. Es war inzwischen später Abend. Die Eltern hielten sich bei den Händen und stapften verzweifelt hinter den beiden Polizisten mit den Hunden her. Eine weitere Stunde verging, ohne dass man Susanne fand. Auch über die Sprechfunkgeräte kam keine beruhigende Neuigkeit. Man suchte auch in der Stadt nach dem Mädchen, denn es hätte ja sein können, dass sie den Wald, wie auch immer verlassen hätte.

Aber Susanne hatte den Wald nicht verlassen. Sie lag auf dem Boden der Schutzhütte und wurde durch etwas Nasses, das ihr immer und immer wieder über das Gesicht, den Hals und die Hände wischte, aus ihrer Ohnmacht geweckt. Sie hatte das Gefühl, etwas saß auf ihrem Körper. Es war warm darunter, aber es war so schwer auf ihr.

Da schlug sie die Augen auf. Der Regen hatte aufgehört und der Wind die letzten Wolken davon geweht. Ein klarer Sternenhimmel und ein strahlender Mond leuchteten in die Hütte hinein. Susanne sah ganz deutlich einen großen Hundekopf vor sich. Gerade wollte der Hund wieder ihr Gesicht lecken. Das war es also, was sie gespürt hatte.

Sie sagte leise, „du bist nicht der Basti, nicht wahr? Der ist im Hundehimmel. Aber ich weiß schon, er hat dich zu mir geschickt." Sie legte ihre Arme um den Hals des Hundes, der stupste sie mit seiner dicken Schnauze an und fiepte ganz leise und zärtlich in ihr Ohr. „Danke, Basti", sagte Susanne und sah zu den Sternen. „Ich werde ihn mit nachhause nehmen und er soll Waldi heißen, weil er mich hier gefunden hat." Schlapp, hatte sie wieder die Zunge am Ohr.

Nun musste sie zum ersten Mal seit Bastis Tod lachen. „Lass mich einmal aufstehen, du bist so schwer", sagte sie zu ihrem neuen Freund und versuchte unter ihm hervor zu kommen. Der verstand sofort und stellte sich neben sie. Nur mit dem Aufstehen wollte es nicht so recht klappen. Kaum, dass sie den Kopf hob, wurde ihr schwindelig. So legte sie sich wieder hin. Sofort kam Waldi und legte sich ganz dicht neben sie. Er war ein sehr großer Hund, so groß wie ein Neufundländer. Auch hatte er so langes zottiges Fell. Ob er nun braun oder schwarz war, das konnte sie bei dem Mondlicht nicht erkennen. Dann sah sie aber etwas sehr merkwürdiges. Waldi hatte auf der Brust einen weißen Fleck, der fast dieselbe Form hatte, wie Basti einen gehabt hatte. „Ich wusste es ja gleich, dich hat Basti geschickt", sagte Susanne und kuschelte sich ganz dicht an ihn, um sich zu wärmen und Waldi lieb zu haben. Sie erzählte ihm viel von zuhause und davon, wie lieb sie Basti gehabt hatte. Dabei kraulte sie sein Zottelfell und beide waren glücklich.

Plötzlich hörte sie Stimmen und sah Lichter. Susanne erschrak und bekam Angst. Waldi spürte das und drückte sich ganz dicht an sie. Sie legte beide Arme um seinen Hals und zitterte vor Furcht. Da wurde in die Schutzhütte geleuchtet. Susanne konnte nichts erkennen, sie war geblendet von dem hellen Licht. Sie hörte ihre Eltern ihren Namen rufen. Weil sie aber gar nicht verstand, wie die Eltern in den Wald zur Hütte gekommen sein könnten, glaubte sie, sie würde träumen. Da fing sie bitterlich an zu weinen, denn sie wollte Waldi doch so gern mit nachhause nehmen, er sollte doch kein Traum sein.

Der war wirklich kein Traum, wie er jetzt allen bewies. Die Polizisten und die Eltern trauten ihren Augen kaum, denn was sie dort in der Hütte sahen, war eine völlig verschmutzte Susanne und ein riesiger Hund, dem sie die Arme um den Hals gelegt hatte und der fletschte sie alle gefährlich an. Vor allem die Polizeihunde erweckten sein Misstrauen. Sein Nackenfell sträubte sich derartig, dass er einen Kopf wie ein Löwe hatte. Er wirkte sehr entschlossen, sich auf den Ersten, der sich Susanne näherte zu stürzen und ihn zu zerreißen.

Die Polizeihunde wurden zurück gehalten, denn auch sie wollten den fremden Hund angreifen. Wieder riefen die Eltern nach Susanne. Wegen Waldi konnte niemand in die Hütte. Susanne hörte auf zu weinen, denn ihr war nun klar, dass sie nicht träumte.

Sie richtete sich auf, sagte zu ihrem neuen Freund, „ist gut, Waldi, das geht in Ordnung". Der Hund hörte auf zu drohen, blieb aber dicht bei dem Mädchen stehen. Susanne ging nun, auf Waldi gestützt auf ihre Eltern zu. Wieder wurde ihr schwindelig, aber sie hatte Halt an dem Hund.

„Seht nur, das ist Waldi. Basti hat ihn mir geschickt."

Der Hund merkte, dass Susanne die Hand nach den Eltern ausstreckte und spürte, dass ihr keine Gefahr drohte. Er blieb friedlich, beobachtet aber alles sehr aufmerksam. Die Eltern und die Polizisten hatten das Gefühl, das schönste Weihnachtsgeschenk ihres Lebens zu erhalten. Jeder hatte befürchtet, man würde Susanne verletzt oder gar nicht mehr finden. Sie war ja patschnass stundenlang der Kälte ausgesetzt gewesen und es hätte alles Mögliche passiert sein können. Aber Waldi hatte sie in der Hütte gewärmt und ihr war nichts passiert.

„Es ist ein Wunder", sagte die Mutter immer wieder, „es ist ein Wunder!"

Waldi gestattete nun auch, dass alle anderen in die Hütte kommen durften. Suanne legte sich auf die Bank, Waldi sofort dazu. Hier drinnen waren alle einigermaßen vor dem eisigen Wind geschützt und man konnte in Ruhe auf den Krankenwagen und die Polizeifahrzeuge warten, die über Funk angefordert worden waren. Auch die Großeltern waren benachrichtig worden, dass das Mädel gefunden war Vater und Mutter bedankten sich bei den Polizisten für ihre Hilfe und baten sie so sehr, sich bei ihnen zuhause bei einem Kaffe aufzuwärmen, dass diese sich schließlich überreden ließen. Dienstschluss hatten sie ohnehin seit zwei Stunden.

Als der Krankenwagen kam, gab es eine große Schwierigkeit. Susanne ließ Waldi nicht los und der wich nicht von ihrer Seite. Noch nie war aber ein Patient mit einem Hund zusammen in einemKrankenwagen transportiert worden. Das war einfach aus hygienischen Gründen nicht erlaubt. Der Fahrer des Wagens fürchtete sich außerdem vor jedem Hund und sei er noch so klein. Aber das hier, das war das Letzte, so fand er. Nicht genug, dass er sich über aufgeweichte Waldböden mit dem schweren Wagen hatte quälen müssen, nein, er stieß in der Schutzhütte gleich auf zwei Polizeihunde. Nur gut, dass es so dunkel war und niemand bemerkt hatte, wie er sich erschrocken hatte. Die Menschen hatten das zwar nicht bemerkt, die Hunde aber durchaus und sie waren nun sehr misstrauisch ihm gegenüber. Diese zwei Hunde waren ja schon schlimm für ihn gewesen. Nun aber auf der Bank das Mädchen mit diesem Untier im Arm und das knurrte ihn auch noch an. Waldi hatte natürlich auch seine Angst bemerkt und traute ihm nicht.

Der Mann stand da, zeigte auf den riesigen Hund und sagte, „so etwas im Wagen hinter meinem Rücken – niemals". Er ließ sich auch nicht umstimmen, als Waldi auf Susannes beruhigende Worte reagierte und aufhörte zu knurren. Nein, niemals würde er dieses Tier transportieren, er blieb vor der Hütte stehen und tat gar nichts mehr.

Mit Susanne war auch nicht zu reden. Der steckte die Angst des erlebten noch zu sehr in den Knochen. Sie klammerte sich an Waldis Hals und war nicht bereit Vernunft anzunehmen. Auch nicht, als zwei Fundwagen eintrafen und man ihr versicherte, dass der Hund auf keinen Fall zurückgelassen werden würde. Durch die ganze Aufregung und Angst war sie einfach nicht sie selber, man konnte im Moment nicht vernünftig mit ihr reden.

Der Vater sagte, „ich kann das gut verstehen. Bitte. Lassen Sie den Hund mitfahren. Ich werde alle Kosten für die Reinigung des Wagens übernehmen". Dabei kraulte er Waldi ganz intensiv den Hals. Susanne strahlte und hatte, genau wie vorhin die erwachsenen vor der Hütte, das Gefühl, das schönste Weihnachtsgeschenk ihres Lebens zu erhalten.

Dem Fahrer war es gar nicht geheuer, aber der Beifahrer und Vater halfen Susanne jetzt in den Wagen. Es wurde auch höchste Zeit, dass sie aus der Kälte kam. Waldi sprang sofort hinterher, er brauchte keine Aufforderung. Er saß wie selbstverständlich neben der Liege, auf die man Susanne gebettet hat. Der Beifahrer sagte leise zu seinem Kollegen, „nun stell dich doch nicht so an. Willst du vielleicht die Weihnachtstage hier im Wald verbringen, bis wir uns geeinigt haben? Ich passe schon auf, fahr endlich los!" Mutter fuhr mit Susanne im Krankenwagen und der Vater folgte in einem der Funkwagen.

Als sie zuhause vorfuhren, waren die Großeltern schon vor der Tür und der Arzt erwartete Susanne. Als man sie ins Haus trug, ging neben ihr zum Erstaunen der Großeltern ein bärenähnlicher Hund, der sich um nichts kümmerte und wie selbstverständlich in das Haus marschierte. Susanne streckte die Hände aus, faste die Großeltern an und sagte, „seht, das ist Waldi. Basti hat ihn mir geschickt." Das irritierte die Großeltern zwar ein wenig, aber sie waren so froh, dass Susanne wieder da war, dass ihnen alles egal war.

Der Arzt untersuchte sie und meinte, weil sie so auf den Kopf gefallen sei, müsse sie vorläufig besser liegen bleiben. Waldi legte sich vor das Bett, als hätte er nie etwas anderes getan. Susanne bekam warmen Kakao und Waldi Wasser und eine riesige Fleischportion, die er im Nu verputzt hatte.

„Na", meinte die Mutter, und streichelte ihn liebevoll, „hoffentlich futterst du uns nicht arm. Aber egal, du bleibst hier. Du hast mein Kind gerettet und gehörst nun zu uns." Waldi wedelt freundlich mit dem Schwanz und kurz darauf waren beide, Kind und Hund, fest eingeschlafen.

Inzwischen hatte die Oma den Kaffee fertig und den Christstollen aufgeschnitten. Für die Polizeihunde hatte der Opa einen Berg Teewurstbrote gestrichen die sie von ihren Herrchen bekamen, denn sie dürfen ja von keinem Fremden etwas zu Fressen annehmen. Die Kerzen des Weihnachtsbaumes strahlten für sie alle an diesem Abend in einem ganz besonders schönen Glanz.

Als alle satt und wieder aufgewärmt waren, besprach man noch einmal das Geschehen. „Es kommt mir noch immer wie ein Wunder vor, dass der Hund und Susanne zusammentrafen", sagte die Mutter.

„Ja, in gewisser Weise ist es das ja auch", meinte der Vater. „Lassen wir Susanne ruhig in dem Glauben, dass Basti ihr den Waldi geschickt hat. Es hatte ihn aber jemand dort ausgesetzt."

„Was!" Alle riefen entsetzt.

„Woher wissen Sie das?" Wollte einer der Polizisten wissen.

„Ich habe mich in der Hütte auf ein Seilende gesetzt. Damit war der Hund festgebunden, aber er hatte es schon durchgebissen. Bevor wir Susanne in den Krankenwagen hoben, habe ich das andere Ende des Seiles von seinem Hals entfernt."

Alle waren empört. „Wie kann man nur so gemein zu einem Tier sein", rief der andere Polizist. „Schade, dass man solche Leute so schwer kriegt, aber wir werden uns umhören. Ein so großer Hund ist auffällig. Vielleicht haben wir Glück und finden den Täter dieses Mal".

„Jetzt soll es der Hund aber besonders gut haben", sagte die Mutter. „Wir haben ihm so viel zu verdanken und außerdem haben wir Menschen an dem Tier viel gut zu machen."

Die Polizisten verabschiedeten sich nun und alle standen staunend in der Haustür, denn es hatte inzwischen tüchtig geschneit. Dicke Flocken wirbelten herum, es sah wirklich weihnachtlich aus. Eltern und Großeltern winkten dem Polizeifahrzeug nach. Der Vater baute in seiner Freude über Susannes Rettung einen großen Schneemann für sie. Als er dann auf das Haus sah, mit seinen erleuchteten Fenstern und dem verschneiten Dach, war er sehr dankbar dafür, dass seine Susanne dort wieder in Geborgenheit in ihrem Bett lag. Leise rief ihn seine Frau ins Haus und zufrieden gingen alle schlafen.

Am nächsten Morgen trug der Vater Susanne in das Wohnzimmer. Dort legte er sie auf das Sofa und sie staunte, als sie zum Fenster hinaus sah, alles war weiß und ein riesiger Schneemann stand mit einem Besen und einem alten Topf auf dem Kopf vor der Terrassentür. Und dann war Bescherung. Ihren Basti vermisste sie zwar immer noch und sie würde ihn auch nie vergessen, aber sie konnte sich doch freuen zu all den schönen Sachen, die sie geschenkt bekam. Sie zeigte alles Waldi, der sehr aufmerksam alles beschnupperte und immerzu mit dem Schwanz wedelte.

So wurde es doch noch für alle ein schönes, frohes Weihnachtsfest. Susanne versprach ganz fest, nie wieder fortzulaufen, aus welchem Grund auch immer. Das war auf keinen Fall eine Lösung, wenn man auch noch so traurig ist, das hatte sie ja erfahren. Nie wieder würde sie so etwas tun. Sie hatte noch einmal Glück gehabt, alles hätte viel schlimmer ausgehen können, denn nicht immer gibt es einen Waldi, der einem beistehen kann in der Not. Waldi sah sie an und es wirkte gerade, als würde er das alles bestätigen. Seine Fellfarbe, das konnte sie jetzt deutlich sehen, war schwarz und der weiße Fleck auf der Brust leuchtete wie bei Basti.

Als Mutter in die Küche ging, lief Waldi neugierig hinterher und wedelte mit seinem buschigen Schwanz den Bunten Teller vom Tisch. Da klang Susannes lachen wieder durch das ganze Haus.

****

EINE SCHÖNE BESCHERUNG

Die Geschichte ist nun zehn Jahre her. Ich war damals zwölf und meine Schwester Johanna acht Jahre alt und wir steckten in einer tiefen Krise. Jedenfalls hielten wir unseren Zustand für eine Krise und waren entsprechend unglücklich. Unsere Eltern hatten die für uns bescheuertste Idee des Jahrhunderts ausgebrütet und auch noch in die Tat umgesetzt.

Unser Vater hatte seinen Posten als Manager einer großen Firma aufgegeben, weil ihm der Stress zu viel geworden war. Das allein war schon ein Schock für uns Kinder, denn mit seiner tollen Position ließ es sich ja auch hin und wieder mal ein wenig angeben. Wir wohnten in einer schicken Villa in Berlin-Dahlem, einem der besten Viertel der Stadt. Das lag zwar etwas außerhalb, aber da gab es alles, Stadtanbindung war kein Problem und wollte man in den Grunewald, er lag so gut wie vor der Tür. Und zum Ku-Damm war es auch nicht weit.

Nun hatten unsere Eltern das schöne Haus verkauft. Sie waren mit uns doch tatsächlich in die Provinz nach Brandenburg in ein doofes Dorf gezogen. Den Namen des Dorfes nenne ich hier nicht, wir haben es zu der Zeit gehasst! Dort sollten wir nun in einem alten Bauernhaus mit Stallungen auf dem Grundstück leben, denn mein Vater hatte sich in den Kopf gesetzt in Zukunft Schäfer sein zu wollen. Die Tiere dafür hatte er auch schon gekauft. Sie sollten bald nach unserem Einzug auf den Hof gebracht werden. Für uns hätte es nicht schlimmer kommen können, fanden wir und waren stinksauer. Nichts konnte uns überzeugen, auch nicht die Tatsache, dass das Haus total renoviert war und wir wirklich schöne, große Zimmer für

76

uns hatten. Was sollten wir damit, wir wollten da nicht sein und wir maulten.

Wir wurden in einer Schule der nächsten Kleinstadt angemeldet. Allein das Ankommen dort war wie ein Spießrutenlauf für mich. Für Johanna ging es noch, die Mädchen ihres Alters waren einfach neugierig auf sie und auch nicht gemein. Das waren die Jungen meiner Klasse zu mir sofort. Einer, der sich als Anführer der Rüpelbande fühlte, hatte nichts Besseres zu tun, als mich in der ersten Hofpause anzupöbeln.

„Na, du doofer Stadtbengel, was willst du denn hier bei uns? Wir brauchen dich nicht, mach dich mal wieder vom Acker."

So setzte er sich in Szene und baute sich drohend vor mir auf, bejubelt von seinen dämlichen Kumpanen. Meine Antwort passte ihm nicht, denn ich betitelte ihn nun als dämlichen Bauerntölpel, der von einem Stadtjungen eine Menge lernen könne. Das wollte der Pöbler nicht hinnehmen und meinte, die erste Lektion zum Lernen würde er mir nun erteilen, hob die Fäuste und drosch auf mich ein.

Das heißt, er versuchte es. Die Fäuste flogen, ich aber hatte seit Jahren Judo gelernt und war darin einfach Spitze, außerdem konnte ich auch gut Boxen. Großmaul lag also sofort im Dreck und wunderte sich, wie das wohl möglich gewesen sei. Wütend versuchte er mich anzuspringen, aber ohne Erfolg. Er lag gleich wieder da. Das ging so hin und her, er konnte einfach keinen Schlag landen, denn meine Judogriffe machten ihm zu schaffen. Mir machte die Sache allmählich Spaß und ich verspottete ihn. Als albernen Hampelmann. Die ersten seiner Kumpane gingen in Abseitsstellung, denn ich hatte sie sehr beeindruckt. Einer aus der Gruppe wollte Großmaul helfen und versuchte mich von der Seite zu attackieren. Ich schlug im blitzschnell einen gekonnten Haken unter das Kinn und er ging in die Knie. Der hatte genug.

Kurz und gut, der Kampf war heftig und wurde von mir haushoch gewonnen, was mir die Bewunderung der Gruppe um den Stänkerer eintrug und seinen Hass. So war mein erster Schultag an der neuen Schule nur teilweise gelungen, aber immerhin hatte ich mich durchgesetzt.

Bereits am nächsten Tag begannen die Weihnachtsferien. Johanna und ich freuten uns nicht darauf. Johanna kam zu mir ins Zimmer und weinte.

„Viktor, können wir nicht einfach wieder nachhause fahren, nur wir beide? Dann kommen die Eltern doch auch hinterher und wir sind den ollen Bauernhof los und die doofen Schafe brauchen wir dann auch nicht mehr."

Nun, so gern ich das gewollte hätte, aber unser Zuhause von früher, das gab es ja nicht mehr. Dort lebten nun fremde Menschen und es ging mir wie Johanna, ich hätte am liebsten auch geheult. Wir waren der Ansicht, dass wir auf dem Dorf niemals froh werden würden und fühlten uns so unglücklich. Aber was sollten wir tun?

Seit Stunden schon hatte es heftig geschneit. Draußen sah man nur weißen Flockenwirbel, nicht einmal mehr die Straße vor dem Hof. Wenn wir hier in der Einöde auch noch einschneien, dann wird das wohl das ödeste Weihnachtsfest unseres Lebens, dachte ich mir. Aber zu Johanna sagte ich davon nichts. Ich versuchte ihr zu erklären, dass wir mit der Situation nun einmal klar kommen müssten und wir waren doch zu zweit, das würden wir dann schon schaffen, so meinte ich. Überzeugen konnte ich allerdings weder sie noch mich.

Unsere Mutter rief, sie wollte mit uns die Tanne vor dem Haus mit einer Lichterkette schmücken. Na, das hatte wenigstens etwas Schönes für uns, so hatten wir es in Berlin auch immer getan. Also gingen wir hinaus in das Schneetreiben. War das eine kalte und ungemütliche Angelegenheit. Die Lichterkette war lang, die Tanne groß und es war kein Vergnügen in den eingeschneiten Zweigen zu werkeln. Die Leiter wackelte hin und her und die Finger wurden uns klamm. Nun ja, das hatten wir in Berlin allerdings auch schon erlebt, das zumindest lag nicht an dem öden Ort. Wir waren total durchgefroren, als die Lichter endlich leuchteten, aber es sah auch wunderschön aus. Das Kabel lag mit mehreren Verlängerungsschnüren meterlang auf dem Schnee, denn die einzige Außensteckdose war nicht im Eingangsbereich, sondern an der Rückfront des Hauses.

„Da werden wir einen Elektriker kommen lassen, der uns die Anlage etwas bequemer einrichten kann", meinte Vater, „aber in diesem Jahr geht es schon so." Er sicherte die Verbindungen der Verlängerungsschnüre gegen Feuchtigkeit und befestigte den Stecker sorgfältig, damit er nicht aus Versehen von jemandem der über das lange Kabel stolpern mochte aus der Dose gerissen würde. Na ja, immerhin leuchteten die Lichter, was wollte man mehr, wenn man aufs Land zog, dachte ich mir.

Nun ging es drinnen weiter. Der Baum war von Vater schon in den Ständer gestellt und wir Kinder schmückten ihn. Dabei kam dann doch so etwas wie vorweihnachtliche Freude auf. Die Schafe sollten an diesem 23. Dezember auch noch ankommen und Vater schaute ständig nervös zum Fenster. Dabei gab es da außer einem dicht fallenden Flockenvorhang gar nichts zu sehen.

Am Morgen hatten wir alle beim Einrichten des Stalles helfen müssen. Muffig haben Johanna und ich das Stroh für die Viecher, wie wir die Schafe heimlich nannten, verteilt. Wir hatten Wassereimer zu den Trögen geschleppt und mit den Eltern gemeinsam Futter bereit gelegt.

„Sie sollen sich gleich wohl fühlen wenn sie hier in ihren neuen Stall kommen", schwärmte Vater.

„Ja, ja, die werden sich bestimmt wohl fühlen", meinte ich sinnend.

„Viktor sei nicht so übel gelaunt. Du stellst dich an, als würdest du wie ein Parkpenner hausen müssen. Ich erwarte von euch Kindern auch einmal ein wenig Interesse an unserem neuen Leben", kritisierte mein Vater.

„Das kannst du vergessen", schimpfte ich und ging wütend hinüber ins Haus.

„Lass nur Hans, das wird schon", hörte ich Mutter sagen, „sie brauchen einfach Zeit." Na, auf die Zeit könnt ihr lange warten, dachte ich mir bockig.

Der LKW mit den Schafen kam und kam nicht. Es war schon fast Mitternacht. Johanna lag längst im Schlaf und auch ich mochte nun nicht länger darauf warten, dass wir die Schafe in den Stall treiben könnten. Ich ging auch zu Bett.

Am nächsten Morgen hatte es zwar aufgehört zu schneien, nur waren noch immer keine Schafe da. Vater sah besorgt die Straße hinunter, die derartig dick eingeschneit war, dass man sich über die Verzögerung nicht zu wundern brauchte. Endlich meldete sich der Fahrer des Schaftransporters per

Handy. Er würde am späten Nachmittag bei uns ankommen, sofern er weiterhin voran käme.

Johanna und ich waren nun total sauer. Das nun auch noch! Am Heiligen Abend nachmittags gab es Kaffee und Kuchen am Weihnachtsbaum und dann die Bescherung. In diesem Jahr sollten wir um diese Zeit dusselige Schafe in den Stall führen helfen. Wir waren bedient. Aber so was von bedient und zogen schmollend und grollend auf unsere Zimmer.

Man konnte nun aus dem Fenster sehen, aber was man sah war öde und langweilig. Hinter unserem Haus sah man den Zaun zum Nachbarn, einen laut redenden vierschrötigen fetten Kerl mit Halbglatze, Glotzaugen und einem sabberigen Mund, so kam er uns zumindest vor. Natürlich hielt er auch Schafe, etwas anderes war hier wohl nicht denkbar. Wir konnten ihn nicht leiden, obwohl wir Kinder außer der Begrüßung, als wir ihm vorgestellt wurden kein weiteres Wort mit ihm gewechselt hatten. Er war freundlich zu uns, aber was sollten wir mit einem so doofen Schaf-Bauern, den wollten wir nicht. Und Karl mochten wir auch nicht zu ihm sagen, wie er es uns erlaubte.

Wir warteten also auf den Ablauf des Weihnachtstages, aber zunächst geschah nichts. Dann kam Mutter, doch sie rief uns weder zum Kaffeetisch noch gar zur Bescherung.

„Es tut mir leid, ihr müsst heute ein wenig mehr Geduld haben. Der Transporter kommt in einer halben Stunde, aber bis dahin wird es vollends dunkel sein. Zieht euch bitte warm an, wir müssen alle helfen, dass die Schafe dann gleich in ihren Stall kommen. Sie kennen sich hier nicht aus, wir müssen sie vorsichtig hineintreiben und dabei brauchen wir eure Hilfe. Der LKW wird nicht bis an den Stall fahren können, es liegt zu viel Schnee. Und ihr wisst ja, die Schäferhunde, die in Zukunft helfen die Schafe zu treiben, die holt Vater erst ein einer Woche. Also, wir müssen das jetzt allein schaffen."

Wir zogen uns schlecht gelaunt an und gingen nach unten. Da hörte man auch schon den Motor des LKWs, der an unserem Grundstück hielt. Weiter kam er wirklich nicht, denn Vater hatte es nicht geschaffte, die Schneemassen zu beseitigen, damit das schwere Gefährt bis an die Stalltüren fahren konnte. Also stand der Transporter nun mit der Ladeklappe vor unserem Hoftor. Der Fahrer kam auf Vater zu und meinte, das würde eine schwere Sache werden, denn die Schafe seien gewiss sehr nervös, wenn sie in der Dunkelheit in fremder Umgebung aus dem Transporter steigen müssten und den kalten Schnee, in dem sie dann beinahe versanken, würden sie auch nicht sonderlich zu schätzen wissen.

Die einzige Hofbeleuchtung kam von der Lichterkette in der Tanne. Das genügte ihm nicht. Gemeinsam mit Vater ging er ins Haus und sie kamen mit allerlei Lampen zum Vorschein, die sie mit Verlängerungskabeln, die aus dem Innern des Hauses ihren Strom bekamen an Bäumen und der Haustür befestigten. Die Haustür blieb sperrangel weit offen und ich wusste, dass es lange dauern würde, bis es drinnen wieder warm werden würde. Meine Laune besserte sich dadurch jedenfalls nicht, denn mir war ohnehin schon kalt. Zu den provisorischen Lampen leuchteten die Lichter des Weihnachtsbaumes, so dass die Dunkelheit einigermaßen überwunden war. Die Lampen blendeten teilweise sehr, aber man konnte zumindest etwas sehen.

Der Fahrer öffnete die Ladeklappe und sofort erschallte ein Geblöke und aufgeregtes Getrappel von den Schafen. Vater und der Fahrer verschwanden im Laderaum und wir hörten ihre ruhigen Kommandos, die den Schafen Mut zum Aussteigen machen sollten. Wir standen nun doch sehr gespannt da, bis zu den Oberschenkeln im Schnee und warteten. Wir waren ganz still, damit sich die Tiere nicht erschrecken würden.

Allmählich kamen einige Schafe zum Vorschein, aber die Ladeklappe mochten sie nicht hinunter gehen. Wieder hörten wir den Fahrer und Vater, die die Tiere vorsichtig ermunterten. Endlich, mir waren die Füße schon ganz kalt geworden, ging eines der Tiere voran. Es war wohl der Leithammel, jedenfalls folgten ihm nun die anderen zügig auf die Ladeklappe und als er mutig in den Schnee sprang, hüpften die anderen Tiere hinterher.

Wie soll ich es beschreiben? Es kam eine Schaflawine auf uns zu. Ein infernalisches Geblöke aus allen Kehlen erschallte und die Tiere rasten in Entsetzen durch den Schnee, in dem sie bis über den Bauch versanken. Das schien ihnen gar nicht zu gefallen, denn einige versuchten sofort wieder auf die Ladeklappe zu steigen, um in den warmen LKW zu gelangen. Dort standen aber Vater und der Fahrer und verhinderten das.

Die Tiere wurden nervös und panisch. Sie rasten wie verrückt durch den Schnee und blökten. Wir versuchten, sie in Richtung Stalleingang zu treiben, aber das verstanden sie nicht oder sie wollten nicht auf uns hören. Jedenfalls sausten und sprangen siebzig Schafe wie verrückt blökend auf unserem tief verschneiten Hof in Panik herum und wir waren hilflos, wussten nicht was wir tun konnten.

Es kam, was kommen musste, eines der Schafe blieb in dem Kabel der Weihnachtsbaumkette hängen und riss die Kette vom Baum, die nun leuchtend hinter dem entsetzten Tier her schleifte. Der Leithammel war es, der sich darin verheddert hatte und er raste wie wild durch den Schnee, blökend und voller Angst vor den Lichtern, die ihn da verfolgten, was die anderen Tiere anstiftete mit ihm zu rasen, denn sie folgten ihm ja auch sonst.

Vater und der Fahrer waren längst von der Ladeklappe gesprungen und versuchten zu retten, was es zu retten gab. Aber wie beruhigt man siebzig in Panik geratene Schafe, wenn man selber kaum durch den Schnee kommen konnte. Die Lichterkette leuchtete erstaunlicherweise immer noch hinter dem Hammel her, der das alles andere als beruhigend oder gar weihnachtlich fand und weiterhin herum sauste. Seine Angst übertrug sich auf die ganze Herde, die laut blökte vor Angst und auch wir gerieten allmählich in Panik. Was wäre, wenn sich eines der Tiere verletzte.

Plötzlich hörten wir ein brüllendes Lachen von unserem Nachbarn, der seine Körpermassen in unsere Richtung bewegte und laut rief, „ich komme Ihnen helfen, warten Sie, ich hole meine Hunde, die können das doch. Hätten Sie mir doch nur gesagt, dass Ihre Hunde noch nicht hier sind".

Er wedelte aufgeregt mit den Armen, pfiff laut und sofort kamen zwei große Schäferhunde zu ihm, die nun auf seinen Befehl wie der Blitz zwischen die Schafe fuhren und die Tiere zunächst alle auf einem Platz zusammen trieben. Jetzt kam Vater auch an den aufgeregten Leithammel heran und konnte ihn mit einem geschickten Griff von der Lichterkette befreien, die tatsächlich noch immer leuchtete. Offenbar war der Schnee weich genug, so waren die Glühbirnen heil geblieben. Das war schon kurios.

Der Hammel dankte Vater die Befreiung von seinem Missgeschick, indem er ihm mit lautem Blöken verängstigt auf den Arm sprang, wo er seinen Gedärmen freien Lauf ließ. Die ganze Aufregung hatte heftigen Durchfall bei ihm ausgelöst.

Kurz und gut, er beschiss Vater von oben bis unten. Ich lag lachend im Schnee auf dem Rücken und bekam kaum noch Luft, Johanna hüpfte hoch vor Übermut und lachte schallend. Vater konnte nicht mit lachen, aber auch unsere Mutter konnte sich nicht halten. Es war ja aber auch zu komisch.

Der Hammel hatte sich entleert und wollte nun wieder von Vaters Arm, er war ja nicht aus Zuneigung dort. Dass alles dauerte höchstens einige Sekunden, kam uns aber viel länger vor. Das Tier strampelte wild, trat Vater heftig in den Magen, der ging k.o., lag rücklings im Schnee und rührte sich nicht mehr.

Karl rief etwas zu seinen Hunden, die nun begannen die Tiere in den Stall zu treiben. Er eilte auf Vater zu, rieb ihm das Gesicht mit Schnee ab und holte ihn so aus seiner Bewusstlosigkeit. Wir lachten nun auch nicht mehr, im Gegenteil, wir waren sehr erschrocken, fingen aber sofort wieder an zu gackern, denn kaum war Vater wach und wurde von Karl auf die Beine gezogen, da rannte er lachend und schimpfend hinter dem Hammel her. Das Tier ignorierte ihn jedoch total, denn nun hatte er es ja mit den Hunden zu tun, deren Treiben er und seine Damen gehorchten. In kurzer Zeit war die ganze wild gewordene Schafgesellschaft in ihrem neuen Stall. Laut blökend und trappelnd liefen sie da herum.

Neugierig gingen wir hinterher. Die Tiere waren unruhig und suchten sich ihre Plätze. Es gab Gedrängel, Geblöke und das eine oder andere hatte dieselben Probleme durch all die Aufregung wie der Leithammel auf Vaters Arm. Man wusste nicht so genau, ob der Gestank nun nur von Vaters

Kleidung kam. Aber alle waren im Stall und allmählich beruhigten sie sich und begannen auch zu fressen. Das mampfte und knabberte alles froh vor sich hin. Einige Tiere setzten sich in das dick aufgeschüttete Stroh und fühlten sich sichtlich wohl. Im Stall wurde ruhig.

Johanna und ich begannen wohl in diesem Moment die Schafe zu mögen. Sie wirkten so zufrieden, das war ein schöner Anblick.

Mutter meinte gerade, „nun haben sie es alle schön gemütlich warm und fressen können sie auch. Jetzt können wir sie allein lassen und ins Haus gehen"

Plötzlich wurde der Fahrer unruhig. „Da fehlt doch das Mutterschaf mit dem schwarzen Lamm", rief er.

Erschrocken liefen wir alle nach draußen. Nicht auszudenken, das Tier würde dort mit dem Jungen im Schnee stecken. Soviel wir aber auch suchten, wir fanden sie nicht. Mutter holte eine Taschenlampe, aber auch hinter dem Haus waren die Tiere nicht. Nun wurde Vater besorgt und Karl holte wieder seine Hunde. Er gab ihnen einen Befehl und sie suchten den Hof ab, aber nichts war zu finden. Im LKW waren sie auch nicht. Was mochte passiert sein? Es war bitterkalt, die Tiere sollten in die Wärme des Stalls und ganz besonders das Jungtier.

Da lief einer der Hunde schnell und gezielt auf die Haustür zu und verwand. „Nanu", rief der Karl, „willst du wohl zurück kommen! Hier wird gesucht." Aber schon hörten wir den Hund anschlagen. „Das kann doch nicht sein, er hat etwas gefunden", rief Karl erstaunt.

„Im Haus?", wunderte sich Mutter und wir liefen alle hinter dem Hund her.

Sein Bellen kam aus dem Wohnzimmer. Man mag sich unser Erstaunen vorstellen, denn direkt vor dem Weihnachtsbaum, gemütlich auf dem neuen Teppich lag das Mutterschaf, neben sich das schlafende Junge. Die Mutter hatte sich über den großen Obstkorb hergemacht, der bei uns immer unter dem Baum stand. Es hatte ihr offenbar geschmeckt, denn der Korb war total leer und sie begann gemächlich daran zu nagen. Er sah schon recht mitgenommen aus.

Wir staunten nicht wenig, aber als wir dann alle anfingen zu lachen, wurde das Tier unruhig. Sofort waren wir wieder still und kicherten vorsichtig vor uns hin. Vater murmelte etwas das wie „ich glaube, ich werde verrückt" klang, und ging sich lachend umziehen.

„Das sieht so süß aus, Mama, bitte lass das Schaf mit seinem Kind doch heute Abend bei uns im Zimmer", bettelte Johanna. Auch ich war dafür und ich glaube, unsere Eltern schlossen sich nur aus dem Grund unserem verrückten Vorschlag an, weil wir das erste Mal Begeisterung für die Schafe zeigten.

Als ich dann raus in den Stall ging, um Stroh für die Tiere am Weihnachtsbaum zu holen, hörte ich wie Karl meinte, „also, dazu muss man wohl wirklich aus der Stadt kommen, um so etwas zu erlauben", lachte er, „ich lade euch zu meinem Stammtisch, am nächsten Sonntag ein. Das müssen wir da gemeinsam erzählen, mir glaubt das sonst niemand", kicherte er vergnügt vor sich hin.

Vater verabschiedete den LKW-Fahrer nun, denn der wollte gleich wieder losfahren.

„Wie weit müssen Sie denn heute noch fahren, Ihre Familie wartet sicher schon auf Sie", fragte Mutter ihn.

„Ach, ich schaffe es nur bis zum nächsten Rasthof, wenn überhaupt. Ich lebe allein und die weite Rücktour fahre ich heute nicht mehr zu Ende. Ich kann ja auch in der Fahrerkabine schlafen. An den Feiertagen habe ich keine Fahrten, ich habe Zeit."

Mutter sah Vater an und sie waren sich sofort einig. „Dann laden wir Sie ein, den Heiligen Abend bei uns zu verleben. Wir können Ihnen ein Gästezimmer anbieten, das ist doch besser als ein Rasthof oder gar Ihre Fahrerkabine für die Nacht", schlug Mutter vor.

Der Fahrer nahm die Einladung freudig an. Er stellte sich vor, sein Name war Harry und fragte dann, „darf denn mein Kumpel auch bei Ihnen übernachten?"

„Wer ist denn Ihr Kumpel, ich habe doch gar keinen anderen Fahrer gesehen", fragte Vater irritiert.

„Mein Kumpel, das ist mein Kater Ottokar. Der ist mir vor einem Jahr auf einem Rasthof zugelaufen und hat damals beschlossen, dass er mit mir auf Fahrt gehen möchte. Er war da noch ganz klein und jung. Jedenfalls ist er in meine Fahrerkabine geklettert, hat es sich bequem gemacht und seither fährt er mit mir herum. Wir hängen so sehr aneinander, dass ich mir eine Fahrt ohne seine Begleitung gar nicht mehr denken kann. Und ich lasse ihn in der Nacht niemals allein im Wagen, er gehört zu mir."

„Ist das süß, eine Katze, darf ich sie streicheln", jubelte Johanna.

„Natürlich kann Ottokar hier mit Ihnen bleiben", sagte Mutter, „holen Sie ihn nur herein."

„Das ist nett von Ihnen, denn ohne Ottokar kann ich nämlich nicht mehr einschlafen. Und Sie brauchen keine Sorge zu haben, er hat seine eigene Toilette dabei und Futter auch. Er ist wirklich liebenswert und wird Ihnen nicht auf den Teppich machen", versicherte Harry. Dabei sah er grinsend auf das Mutterschaf, dessen Verdauung nach dem Genuss des Obstes vorzüglich in Gang war.

Ich sauste los, um die Verschmutzung wegzuräumen und Johanna ließ es sich nicht nehmen, mit nach draußen zu gehen, Katzen waren für sie das Größte.

Unser Nachbar wollte sich nun verabschieden, aber da wir wussten, dass er alleinstehend war, wurde er auch eingeladen bei uns zu bleiben. Er brachte aber seine Hunde zuvor nachhause, weil er meinte, dass das mit Ottokar wohlmöglich kompliziert würde. „Fremde Katzen können die nämlich nicht leiden", erklärte er uns.

Johanna kam strahlend wie ein Weihnachtsengel mit einem grau gestromten Kater auf dem Arm ins Haus. Sie wollte sich gleich mit ihm aufs Sofa setzen, aber Ottokar musste erst seinen Rundgang machen. Katzen wollen stets wissen wie ihre Umgebung aussieht. Er ging also mit erhobenem Schwanz durch das Zimmer, besah sich alles gründlich und erstarrte vor dem Weihnachtsbaum. Harry kratzte sich am Kopf, „au Mann, au Mann, hoffentlich geht das jetzt gut aus", murmelte er. Das Mutterschaf stand auf und starrte Ottokar an. Der Kater starrte zurück.

„Die werden sich doch hoffentlich nicht jagen", meine Mutter besorgt und sah sich unsicher im Zimmer um.

Das Schaf stampfte mit dem Bein auf, wie es Schafe tun, wenn sie beeindrucken wollen. Ottokar hob warnend seine Pfote empor, wie es Katzen tun, wenn sie warnen. Und sie starrten weiter. Das Schaf stampfte auf, der Kater hob die Pfote. So ging das einige Mal hin und her. Aber plötzlich meinten wohl beide Tier, „was solls", das Schaf setzte sich wieder hin und der Kater ging ganz vorsichtig näher heran. Beäugt von der Mutter schnupperte er sanft an ihrem Lamm und leckte dem Kleinen vorsichtig über die Nase. Das war für die Mutter das Zeichen, dass von diesem Kater keine Gefahr ausging und sie entspannte sich wieder, wir Menschen auch. Ottokar setzte sich dicht neben das Lamm mit auf das Stroh, putzte sich gründlich, dann schlief er ein.

Karl kam zurück und sah ungläubig auf das Bild unterm Weihnachtsbaum. So etwas hatte er noch nicht erlebt. Und wir waren ja auch wie verzaubert von diesem hübschen Anblick.

Endlich konnten wir uns an den Tisch setzen. Es wurde ein überraschend schöner Weihnachtsabend für uns alle. Von diesem Tag an hatten wir uns mit der neuen Umgebung arrangiert. Zur großen Freude und Erleichterung unserer Eltern war das nun so schnell gegangen.

Als Karl mir dann noch leise erzählte, dass man im Dorf bewundernd von meinem Sieg über den Pöbler sprach, den niemand im Ort mochte, fühlte ich mich ganz toll. Und wie gern hörte ich erst, dass der Bengel mit seiner Familie nach Neujahr aus dem Dorf wegzog.

„Sollst mal sehen, Viktor", sagte er zu mir, „mit den anderen Jungen wirst du dich blad anfreunden, dann fühlst du dich hier auch zuhause."

Er hat Recht behalten. Und als vierschrötigen sabbernden Mann mit Glotzaugen habe ich ihn auch niemals wieder empfunden.

Es muss noch gesagt werden, dass mit Karl und Harry eine Freundschaft entstand. Inzwischen verlebt Harry seinen Sommerurlaub stets bei uns und zu Weihnachten ist es Tradition, dass wir alle zusammen feiern. Ottokar ist noch immer dabei. Ein etwas betagter Kater zwar inzwischen, aber gesund und munter und seinem Herrchen zugetan wie von Anfang an.

Im nächsten Frühjahr wird Harry einen Bauernhof in unserer Nachbarschaft übernehmen und auch Schafe halten. Er mag nicht mehr auf den Landstraßen sein Geld verdienen. Das Schäfern gefällt ihm viel besser. Wir freuen uns darauf, dass er nun bald in unserer Nähe leben wird.

Dieses Weihnachtsfest ist eine wunderbare Erinnerung. Die Bescherung mit siebzig Schafen war wirklich etwas ganz Außergewöhnliches, und sie hat uns ein neues Zuhause beschert. Es war eben wirklich eine schöne Bescherung!

****

EIN FAMILIENGEHEIMNIS

Es war Weihnachten und ich fuhr zu meinem Vater. Er lebte noch immer in demselben Haus, in dem er aufgewachsen war. Meine Großmutter hatte es einst von ihren Eltern geerbt und es war ein Glück für sie beide, denn dadurch war ihnen erspart geblieben, dass sie durch den Krieg Obdachlos geworden wären. Das Haus steht in einer kleinen Stadt nahe Hamburg und die wurde damals nicht bombardiert. Man litt hier genauso wie anderswo unter den Folgen dieses irrsinnigen Krieges, aber die Häuser blieben zumindest stehen.

Auch ich hatte dort meine Kindheit und Jugend verlebt und liebte das Haus und den Ort gleichermaßen. Hier war es beschaulich, Hektik gab es kaum. Es war eben eine kleine Stadt, die Unruhe der Großstadt kam hier nicht so an. Meine Mutter lebte nicht mehr. Ich war geschieden, war aber freundschaftlich mit meiner Exfrau verbunden und hatte ein sehr gutes Verhältnis zu meinem Sohn Lukas. Wir hatten oft Kontakt und waren uns sehr nah.

Aus beruflichen Gründen lebte ich zwar in Hamburg, kam aber so oft ich es einrichten konnte nachhause. Eine zweite Familie hatte ich nicht gegründet, ich war im Grunde wie ein Junggeselle in fortgeschrittenem Alter, und mit meinem Leben durchaus zufrieden. Mein Vater, mein Sohn und ich waren die einzigen, die aus unserer Familie noch am Leben waren. Es gab nur noch unseren Zweig.

Der Bruder meiner Großmutter hatte auch einen Sohn gehabt. Er selber, sowie dessen Frau waren jedoch schon lange verstorben. Auch deren gemeinsame Tochter, also meine Cousine, war inzwischen verstorben. Sie war unverheiratet und kinderlos gewesen. Ihr Tod bedeutete für uns keinen Verlust, denn sie war eine unangenehme Frau mit schwierigem Charakter, missgünstig gegen alles und jeden Zeit ihres Lebens. Es waren unsere einzigen Verwandten und dennoch hatten wir kaum Kontakt zu ihnen gehabt.

Mein Großonkel war kein angenehmer Mann und hatte meiner Großmutter das Leben schwer gemacht. Er war voller Neid darauf, dass sie und nicht er das Elternhaus geerbt hatte, obwohl er bestens verheiratet war und ein großes Gutshaus aus der Familie seiner Frau bewohnte. Er hätte das Elternhaus nur zu gern verkauft, denn Geld war seine Religion. So erzog er seinen Sohn und der seine Tochter. Wir hatten nichts gemeinsam, sahen uns äußerst selten und mochten sie nicht.

Mein Vater war inzwischen sehr betagt, doch absolut gesund und geistig voll auf der Höhe, machte er mir keine Sorgen. Wir freuten uns auf ein schönes gemeinsames Weihnachtsfest.

Er holte mich am 23. Dezember vom Bahnhof ab und wir genossen es, einen Winterspaziergang durch unsere Stadt zu unternehmen. Es dämmerte bereits, der Schnee knirschte unter unseren Stiefeln und in den erleuchteten Häusern sah man, hin und wieder wie die Weihnachtsbäume geschmückt wurden. Es war schön, wieder zuhause zu sein.

Vater hatte ein köstliches Essen zubereitet. Schweinebraten mit Rotkohl und Klößen. Er war wirklich völlig auf der Höhe. Es schmeckte vorzüglich und wir unterhielten uns noch ein wenig, bis uns dann die Augen müde wurden. Unseren Baum wollten wir am nächsten Morgen gemeinsam schmücken, so war es seit jeher Tradition in unserer Familie.

Am Morgen fielen dicke Schneeflocken. Das war mal ein Weihnachtswetter, wie man sich das wünscht. Mit viel Fröhlichkeit setzen wir unseren Baum in den Ständer und begannen mit der Lichterkette zu hantieren. Jedes Jahr dasselbe, das Kabel war verheddert, obwohl wir es immer ganz sorgfältig zusammen legten. Als ich noch ein Kind war, sagte Vater immer, das würden die Weihnachtswichtel tun, wenn sie im Haus nachsehen kämen, ob es hier ein Kind zu bescheren gäbe. Die seien so flink, huschten heimlich durch alle Zimmer und auch in den Keller und auf den Dachboden. Dabei kämen sie dann eben auch an die Weihnachtskisten und würden dabei einiges durcheinander bringen. Ich habe fest daran geglaubt. Nur, wer verhedderte das vermaledeite Kabel jetzt? Endlich war es dann soweit, die Lichterkette war eingeschmückt. Kugeln hatten bei uns auch Tradition und zu so mancher von ihnen, kamen besonders schöne Erinnerungen hoch. Wir hatten viel Freude mit unserem Baum. Ein kleiner Imbiss folgte, dann war es Zeit für den Weihnachtsgottesdienst.

Auch hierbei kamen die Erinnerungen und sie waren durchweg schön. Ich begrüßte nach dem Gottesdienst Freunde und Nachbarn und wir gingen in einer großen Gruppe gemeinsam los. Die fröhliche Gemeinschaft löste sich nach und nach auf, wenn die Leute ihre Häuser erreichten. Als wir zuhause ankamen, waren wir noch zu acht und wir verabschiedeten uns herzlich mit den besten Weihnachtswünschen von allen.

Ach, wie war es gemütlich bei uns. Der Baum leuchtete, der Kamin prasselte und ein leckeres Fondue, zu dem Vater die Soßen selber zubereitet hatte, schmeckte uns vorzüglich. Weihnachtsmelodien erklangen, und es gab einen wundervollen trockenen Rotwein. Es ging uns gut, anders kann man es nicht sagen und wir waren glücklich miteinander.

Vater öffnete nach dem Essen die zweite Flasche Rotwein, er meinte, dass könnten wir uns bei der guten Unterlage, die ein Fondue bietet, wohl erlauben. Damit hatte er absolut recht und wir setzten uns gemütlich vor den Kamin, sahen verträumt zum Baum und dösten ein wenig. Dann begann Vater zu erzählen:

„Ach, Olaf, mein lieber Junge", begann er mit einem leichten Seufzer, und ich horchte alarmiert auf. Wir liebten uns wirklich, aber Rührseligkeit war seine Art eigentlich nicht. Schon lachte er und meinte, „nein, nein, es kommt nichts Besorgnis erregendes, keine Bange. Ich wollte dir aber schon lange einmal etwas erzählen. Wir sind, abgesehen von Lukas, die letzten der Familie und deshalb sollst du nun unser Geheimnis, also das von deiner Großmutter und mir erfahren. Ob du es einmal deinem Sohn weitersagen möchtest, entscheidest du selber."

Jetzt war ich aber doch verblüfft. „Ihr beide habt ein Geheimnis? Das ist ja spannend. Was habt ihr angestellt, doch wohl keine Bank überfallen", lachte ich.

„Oh nein", lachte er herzlich, „eine Bank haben wir gewiss nicht überfallen. Es ist etwas ganz anderes", er machte eine kleine Pause. „Na ja, man kann es durchaus so nennen, dass wir etwas angestellt haben, wie du es sagst. Also, höre zu. Dabei geht es nämlich um deine Abstammung, deshalb musst du später entscheiden, ob du es Lukas sagen möchtest. Im Grunde ist es für ihn aber ohne Belang. Auch für dich selber war dieses Wissen bisher nicht wichtig. Aber ich möchte doch, dass du erfährst wie unser Familienstammbaum beschaffen ist. Jedenfalls unser Zweig daran."

„Aber meine Abstammung ist doch kein Geheimnis, Vater. Großmutters Familie ist bekannt und Mutters auch."

„Richtig, mein Junge. Großmutters Familie ist uns bekannt und die deiner Mutter auch. Meine jedoch, kennen wir nicht."

Fragend sah ich ihn an und war wohl ein wenig blass geworden. Wurde er jetzt doch verwirrt? Was erzählte er denn da? Ich verstand ihn absolut nicht. Er war Großmutters Sohn, was wäre daran unbekannt. Bevor ich mich jedoch äußern konnte, sprach er weiter.

„Deine Großmutter war vor und während des Krieges in Schlesien. Sie hatte dort in einem Krankenhaus gearbeitet und da auch ihren Mann kennen gelernt. Dann kam der Krieg. Er wurde sofort eingezogen und sie wurden durch eine Ferntrauung miteinander verheiratet. Ein damals nicht unübliches Verfahren, obwohl das wohl wirklich ein trauriger Hochzeitstag für die Betroffenen gewesen sein dürfte. Aber zu der Zeit war die Welt aus den Fugen, nichts war mehr normal. Großmutter konnte ihren Eltern nur im Brief von ihrer Hochzeit mitteilen, was die sehr aufregte, aber sie freuten sich doch darüber, dass ihre Tochter einen Mann gefunden hatte, der sich um sie sorgte, denn das bewies die Ferntrauung. Er wollte zu ihr halten, egal was käme. Leider kam weiterhin nichts Gutes, der Mann fiel bereits in den ersten Tagen des Krieges und Großmutter war untröstlich vor Kummer. Sie wäre gern nachhause gereist, aber sie musste in Schlesien in dem Krankenhaus Dienst tun, bekam keine Erlaubnis zuhause in ihrem Beruf zu arbeiten. Auf trauernde Menschen nahm man keine Rücksicht. Alles war dem Wahnsinn des Krieges unter zu ordnen. Es war grauenvoll für sie, aber viele Frauen hatten ähnliche Schicksale damals."

Er machte eine kleine Pause und ich fragte ihn, „war sie denn mit dir schwanger?"

96

„Nein, das war ihr erspart geblieben, in der Situation auch noch ein Baby versorgen zu müssen."

„Aber ich verstehe nicht..." Irgendwie verwirrte mich das jetzt.

„Wirst du schon noch, Olaf, höre nur weiter zu. Der Krieg tobte, Großmutter arbeitete im Krankenhaus und stürzte sich förmlich in die Arbeit. Sie nahm sich kaum Zeit einmal nachhause zu schreiben. Was hätte sie denn auch berichten können, sie war voller Kummer und wollte ihre Eltern damit nicht zu sehr belasten. Nach zwei Jahren erhielt sie die Nachricht, dass beide Eltern an Typhus verstorben waren. Ein weiterer schwerer Schlag für sie, der sie wie betäubte. Das Gefühl ihnen mit der Pflege, die sie als gelernte Krankenschwester ausüben konnte, vielleicht hätte helfen können, machte das alles noch schwerer. Weiter arbeitete sie, was sollte sie sonst schon tun. Ihre Welt war zerbrochen, sie fühlte sich wie tot.

Es war Anfang November 1944, der Krieg ging in seine letzten Phasen und wer bei Verstand war, wusste bereits, er war verloren. Großmutter dachte darüber nach, wie sie am besten zurück nachhause kommen könnte, da brannte es in ihrem Krankenhaus eines Tages. Das Gebäude wurde derart beschädigt, dass an ein weiteres arbeiten nicht mehr zu denken war. Die Patienten mussten verlegt werden. Andere Krankenhäuser der Umgebung waren jedoch derart überfüllt, dass man sich entschloss, die Patienten in einem Zug zurück nach Brandenburg zu bringen. Dort sollten sie auf verschiedene Krankenhäuser verteilt werden. Berlin kam nicht infrage, das war zu sehr zerbombt. In großer Eile wurden die Leute nun zum Bahnhof geschafft und notdürftig in einen Zug gesetzt oder gelegt. Letztendlich war Großmutter froh über den Brand, so kam sie wenigstens wieder nachhause, hoffte sie. Die letzten Patienten waren im Zug und sie ging nur noch ihre Tasche holen. Als sie jedoch auf den Bahnsteig zurückkam, sah sie wie der Zug bereits davon fuhr. Verblüfft sah sie ihm hinterher und war verärgert, denn nun stand sie da, wusste nicht wie weiter.

Wann ein anderer Zug Richtung Westen fahren würde, konnte ihr niemand sagen. Eigentlich hätte sie sich nun in einem anderen Haus zum Dienst melden müssen, aber das verwarf sie. Die Durchhalteparolen, die von Vorgesetzten herum geplärrt wurden, hatten sie nie überzeugen können. Sie hatte ihre eigene Meinung zum Krieg und die deckte sich nicht mit den dummen Jasagern, die auch noch in diesen Tagen vom sogenannten Endsieg schwafelten. In Danzig zu bleiben kam für sie nicht infrage. Ihr war klar, dass die Russen bald kommen würden. Sie musste flüchten und tat es auf der Stelle.

Aus Schlesien fort zu kommen war nicht einfach. Züge verkehrten nur unregelmäßig oder gar nicht. Es war kalter Winter und wollte sie nicht vor Ort bleiben, musste sie zu Fuß gehen. Noch waren nicht so viele Flüchtende unterwegs, aber es gab durchaus voraussehende Leute, die die Sache des Krieges als verloren erkannten und sich in Sicherheit bringen wollten. Der Weg nachhause war weit, doch das war das einzige Ziel für sie. Wo sollte sie sonst hin, auch wenn sie dort niemand erwarten würde. Sie hoffte, dass wenigstens ihre alte Tante noch am Leben war. Nachricht hatte sie schon lange nicht mehr erhalten. Ihr Bruder war noch im Feld, sie hatte keine Ahnung, ob er überhaupt noch lebte oder zu den unzähligen Gefallenen gehörte. Sie hoffte, das Haus hier würde noch stehen, und machte sich auf den Weg Richtung Westen, und bemerkte, dass das doch schon viele Leute genauso taten. Da die wenigen Züge oft angegriffen wurden, mied sie diese Art voran zu kommen, selbst wenn sie die Möglichkeit hatte. Sie quälte sich zu Fuß durch die Kälte, immer in der Angst überfallen oder gar erschossen zu werden.

In der Nähe des abgebrannten Krankenhauses war ein Waisenhaus. Auch dort überlegte man sich nun, die Kinder zu evakuieren. Es hieß, wenn die Russen kämen, würden sie alle in ein Arbeitslager verschleppt werden. Das machte den Kindern große Angst. Der Heimleiter, der die Waisen sehr streng und ohne jede Liebe behandelt hatte, machte sich eines Nachts davon. Er ließ Kinder und zwei Betreuerinnen im Stich.

Wohin sollten die Kinder nun mit den beiden gehen. Wo gab es Rettung, wer sollte sie versorgen? Die größeren Jungen des Heimes flohen eines Nachts. Sie wollten nicht mehr warten, ob ihnen jemand half. Die Betreuerinnen meinten, sie müssten aushalten, es würde alles gut werden, der Führer hätte es ja gesagt. So viel Dummheit gab es leider viel damals. Aber daran glaubte niemand von den Jungen, zumindest nicht von den älteren unter ihnen. Die Jungen, ab 16 Jahren waren eines Tages abgeholt worden, um bei der Verteidigung der Stadt Danzig zu helfen. Von denen hatten sie nie wieder einen gesehen. Sie vertrauten den Aussagen, dass alles gut werden würde nicht mehr.

Die Flucht aus dem Heim war nicht einfach. Es war stets verschlossen wie ein Gefängnis und die unteren Fenster hatten Gitter. Sie mussten an einer Dachrinne hinunter klettern und einen hohen Drahtzaun überwinden. Für die Großen war das alles kein Problem. Aber ein kleiner Junge von sechs Jahren hatte sich den flüchtenden angeschlossen. An der Dachrinne hatte man ihm noch geholfen, am Zaun jedoch war jeder nur mit sich befasst. Er kletterte tapfer hinauf, fiel dann jedoch auf der anderen Seite herunter und verletzte sich das Knie sehr übel. Er war der Jüngste unter denen die geflohen waren und die anderen ließen ihn einfach allein. Sie waren alle auch erst zwölf bis dreizehn Jahre und liefen in wilder Hast davon. Niemand kümmerte sich um ihn, jeder war sich selbst der Nächste. Nur weg, nur weit fort bevor die Russen kommen würden.

Der Kleine humpelte ganz allein mit seiner blutenden Wunder so lange er konnte die Landstraße entlang, auf der sich auch niemand um ihn kümmerte. Es waren wenige Leute unterwegs, aber niemand beachtete ihn.

Er fand dann zu einem einsamen Gehöft. Das war verlassen, aber er traute sich nicht ins Haus. Würden feindliche Soldaten kommen, fänden sie ihn dort sofort, das wusste er. Er versteckte sich in der Scheune, wo er glaubte, im Notfall besser fliehen zu können und hoffte, dass er am Morgen weiter gehen könnte, obwohl das Knie sehr weh tat.

Er hatte beißenden Hunger, wo würde er etwas zu essen finden. Er wusste es nicht, erst einmal schlafen. Irgendwo würde er etwas zu essen organisieren am nächsten Tag, dachte er sich. Das Knie tat höllisch weh, auch deshalb brauchte er ein wenig Ruhe. Er drückte sich ins Heu, zog die zerrissene Hose so gut es ging über die Wunde am Knie und deckte sich mit Heu zu. Das wärmte einigermaßen und er schlummerte ein. Ein Kind, das in der Zeit ohne Eltern in einem Waisenhaus aufgewachsen war, war sehr selbständig und weiter entwickelt als ein Kind gleichen Alters heute. Die mussten damals schnell groß werden, die Zeit war hart.

Aber auch die anderen Flüchtlinge mussten irgendwann einmal eine Pause machen und ein wenig schlafen können. Deine Großmutter hatte dieselbe Idee, nämlich besser nicht in einem verlassenen Wohnhaus zu nächtigen. In einer

Scheune war es etwas sicherer, ein Haus würde sofort durchsucht von feindlichen Truppen oder auch von anderen Flüchtlingen und die waren beileibe nicht alle harmlos. Übles Gesindel befand sich durchaus darunter. Noch wa--- ren die Russen zwar nicht heran, aber wer wusste schon, wie lange das noch dauern würde. Sie hatte sich von den anderen Flüchtlingen entfernt, fühlte sich allein zwar schrecklich, aber doch sicherer als in einem großen Menschenhaufen. Allein konnte sie sich besser verstecken und so fand sie das einsame Gehöft und traf dann in der Scheune auf den Jungen – auf mich!"

„Vater! Das ist ja unglaublich! Du bist gar nicht Großmutters Sohn? Wie hat sie das denn gedeichselt, sie brauchte doch eine Geburtsurkunde von dir, um dich als ihr Kind auszugeben."

„Ach Junge", winkte er ab, „damals hatten viele Leute keine Papiere, die geflüchtet sind. Man trug meistens nur das, was man auf dem Leib hatte und sonst gar nichts mit sich. Es ging ja alles drunter und drüber. Das war keine Schwierigkeit, aber lass mich weiter erzählen.

Großmutter fand mich also und wir waren beide erschrocken, denn wir glaubten ja jeweils, dass wir allein in der Scheune wären. Nun, es war auf jeden Fall beschwerlich mit einem verletzten Kind weiter zu flüchten, aber deine Großmutter wäre nicht sie selbst gewesen, hätte sie mich da einfach zurück gelassen. Das kam für sie gar nicht infrage. Sie sah mein Knie an und meinte, sie würde es versorgen. Ich sollte mich ruhig verhalten, sie ginge ins Haus und würde nach Verbandsmaterial suchen.

Obwohl ich sehr selbständig war und ja auch allein geflohen war, fühlte ich mich einsam als sie die Scheune verließ. Der Weg bis zu meinem Unterschlupf war mühselig gewesen und ich hatte natürlich auch Angst. Sie war so nett und ich wollte nicht mehr allein sein. Ich blieb also tapfer und ruhig im Heu liegen. Es dauerte lange bis sie kam und ich kämpfte bereits mit den Tränen, weil ich befürchtete, dass sie mich doch verlassen hätte. Welche Erleichterung als sie zurück kam.

Sie trug einen großen Wäschekorb und stellte ihn neben mich. Sie sah mich an und meinte voller Verständnis, ‚du hattest Angst, ich würde nicht zurück kommen‘.

Ich nickte und sah sie groß an. Sie streichelte mir den Kopf und fragte,. ‚wie kommt es denn, dass du allein unterwegs bist. Oder gehörst du hier ins Haus, haben sie dich zurück gelassen?‘

Ich sagte ihr, woher ich gekommen bin. Sie war offenbar sehr beeindruckt von meiner Tapferkeit und meinte, wenn ich es möchte, dann würden wir von nun an gemeinsam gehen. Nichts wollte ich lieber, das darfst du glauben.

Sie versorgte dann mein Knie. Sie hatte im Haus tatsächlich Verbandsmaterial gefunden und wusch die Wunde mit Weißwein aus. Auch den hatte sie dort vorgefunden. Das tat zwar weh, aber ich verbiss mir jeden Schmerzenslaut. Dann wickelte sie geschickt einen dicken Verband um das Knie und sofort fühlte ich mich besser. Sie hatte Kleidung aus dem Haus geholt und half mir in warme dicke Wintersachen. Dort musste ein etwas älterer Junge gelebt haben. Wo mochten die Leute wohl hin sein? Sogar gefütterte Stiefel hatte sie gefunden. Sie waren ein wenig groß für mich, aber mit dicken Socken ging es dann prima. Mütze, Schal, Handschuhe, alles war vorhanden und ich musste nun endlich nicht mehr in meinen zu dünnen Sachen, die man uns im Waisenhaus gegeben hatte, frieren. Die dicke Jacke war ein wenig zu lang, aber das war nur ein Vorteil, denn sie hielt dadurch nur wärmer und auch die Hände verschwanden samt Handschuhen in den Ärmeln. Das war gut so. Auch für sich selber hatte sie warme Kleidung und was das Beste war, sie hatte auch Essen mitgebracht. Wir aßen uns endlich satt und dann schliefen wir einige Zeit. Jedoch nicht allzu lange. Als es ganz dunkel war, weckte sie mich auf. Noch einmal aßen wir, die Reste packte sie in einen Rucksack und dann ging es los.

,Du musst mich von jetzt an Mama nennen wenn wir auf andere Leute treffen. Es ist besser, man hält dich für meinen Sohn. Vielleicht werdet ihr schon gesucht, obwohl ich mir das kaum vorstellen kann.' Sie war wirklich klug, denn das hatte nur Vorteile für uns beide. Als Mutter und Sohn brauchten wir keine Erklärungen abzugeben, wir gehörten eben zusammen. Unser Weg war lang und kalt, aber wir schafften es, voran zu kommen. Vor allem wusste sie genau, in welche Richtung wir gehen mussten, denn das wäre mir allein ein wenig schwierig zu beurteilen gewesen. Dass ich mit meinem Weg bis zu der Scheune die richtige Richtung eingeschlagen hatte, war nur Zufall. Ich war ja immerhin nur ein kleiner Junge, der von Himmelsrichtungen keine Ahnung hatte.

Die Winterkleidung aus dem verlassenen Haus war unschätzbar wertvoll auf unsrer kalten Wanderung und ohne diese warme Kleidung hätten wir es wohl alles nicht geschafft, dennoch froren wir viel. Hörten wir Fahrzeuge, flüchteten wir sofort in die Wälder, die die Landstraßen säumten. Das gelang uns immer rechtzeitig, man fand uns nie. In unserem nächsten Versteck in der Nacht, auch wieder eine Scheune, sprachen wir dann genau ab, wie ich von nun an heißen sollte. Meinen Vornamen behielt ich bei, aber mein Nachname wurde von Müller in Seeberg geändert. So hieß sie selber durch ihre Heirat und somit wurde ich dann zu ihrem Sohn. Mit dem Namen Martin Seeberg bin ich von da an durchs Leben gegangen."

„Vater, das ist das aufregendste was ich jemals gehört habe. Weshalb habt ihr das denn alle die Jahre als Geheimnis gehütet?"

„Oh, das lag an deinem gierigen Großonkel und dem Rest der üblen Verwandtschaft. Deine Großmutter wollte nicht, dass die das Haus hier verhökern. Das hätten sie auf jeden Fall nach ihrem Tod versucht. Ich bin ja kein Familienmitglied. Ein Testament von ihr, hätten die ganz gewiss angefochten und damit vielleicht sogar Erfolg gehabt. Das wollte sie vermeiden, sie wollte, dass ich das Haus erben würde, denn sie wusste genau, wie viel mir daran liegt. Dieses Haus war und ist für mich immer das allerschönste Zuhause gewesen, das ich mir überhaupt nur vorstellen kann. Niemals hätte ich woanders leben mögen. Das wusste sie und das machte sie glücklich. Deshalb haben wir dieses Geheimnis immer gehütet. Auch hatte sie befürchtet, die üble Verwandtschaft würde mich anfeinden, wenn sie gewusst hätten, dass ich im Grunde nur ein Findelkind war. Die sind doch so eingebildet gewesen auf ihr Gutshaus und glaubten ernsthaft, sie seien damit nun besser als der Rest der Welt. Ein Findelkind wäre für die nur Dreck gewesen. Das wollte Großmutter mir nicht antun und sich selber auch nicht, denn sie war mir Zeit ihres Lebens die beste Mutter, die sich ein Kind nur wünschen kann. Auch deiner Mutter sagten wir nichts davon. Sie war eine gute Frau und ich habe sie sehr geliebt, aber ein solches Geheimnis hätte sie vielleicht nicht für sich behalten können. Doch nun höre weiter zu!"

Ich war wie gebannt, und hörte mit einer Anspannung zu, die wohl nur ein kleines Kind bei einer neuen Geschichte empfindet. Was mein Vater da erzählte, war absolut außergewöhnlich.

„Die Flucht war grauenvoll. Die Kälte, die Ungewissheit und ständig die Angst von Russentruppen entdeckt oder von anderen Flüchtlingen überfallen zu werden, machte uns zu schaffen. Wir haben oftmals Tote auf den Straßen liegen sehen, die nicht so viel Glück gehabt hatten wie wir. Es waren schreckliche Erlebnisse. Großmutter entschied sich eines Tages, nicht mehr auf den Landstraßen zu gehen. Wir schlugen uns durch dichte Wälder voran, konnten uns nur an der Sonne orientieren, um unsere Richtung nicht zu verlieren. Kam ein Ort in Sicht, versuchten wir festzustellen, ob feindliche Truppen da waren. War alles ruhig, gingen wir betteln um ein Stück Brot oder Käse, einen Schluck Milch, oder Wasser und schliefen dann in Scheunen und leeren Ställen. Oftmals jedoch vor Kälte zitternd nur ein wenig im Wald zwischen dichten Tannen, die uns Schutz vor Entdeckung boten. Wir deckten uns mit Tannenzweigen zu, die Großmutter von den Bäumen schnitt. Sie war eine tolle Frau, die sich zu helfen wusste. Das waren jedoch nur sehr kurze, bitterkalte Rasten, denn wir hatten immer Angst davor, einzuschlafen und dann zu erfrieren. Das war sehr gefährlich. Auch ein Feuer, um uns zu wärmen, konnten wir nicht entzünden. Der Schein der Flammen wäre verräterisch gewesen, abgesehen von der Gefahr des Feuers im Wald. Die Kälte blieb also unser ständiger Begleiter. Auch mussten wir immer häufiger verschnaufen, unsere Kräfte ließen nach.

Dann, eines Tages begegnete uns ein Kerl tief im Wald, der Großmutter überfallen wollte. Eine Frau ganz allein, das schien ihm wohl eine lohnende Beute zu sein. Sie hatte jedoch seine Schritte rechtzeitig gehört, und sich einen dicken Knüppel genommen. Der Kerl dachte, er könnte uns überraschen und hatte nicht mit der Gegenwehr einer so kuragierten Frau gerechnet. Er stellte sich uns in den Weg und hielt ein Messer in der Hand. Seine Absicht war eindeutig. Er war jedoch zu sehr damit beschäftigt, sich siegessicher zu fühlen und war unaufmerksam. Großmutter war nicht zimperlich in diesem Fall. Der Knüppel traf ihn hart am Kopf und er fiel um wie ein gefällter Baum.

Du wirst verstehen, dass wir keine erste Hilfe geleistet haben, wir ließen den widerlichen Kerl liegen und sahen zu, dass wir fortkamen. Sein Messer nahmen wir mit, so etwas war wertvoll unterwegs. War er nicht sofort tot, dann wird er erfroren sein und wir fanden nicht, dass das ein Verlust für die Menschheit wäre. Auch der wird wohl zu den Opfern des Krieges gezählt werden, dabei war er nur ein übler krimineller Strolch. Und davon waren viele unterwegs damals.

Doch hatten wir mehrmals auch großes Glück und trafen auf Menschen, die uns Essen gaben und hin und wieder auch mal ein Bett für eine Nacht. Anstand und Mitleid gab es auch noch. Ohne diese Leute hätten wir nicht überlebt, aber wir hungerten viel und waren teilweise so erschöpft, dass wir dachten, wir würden es nicht schaffen bis nachhause.

Mein Knie machte mir große Probleme. Großmutter hatte die Wunde nochmals mit Wein gereinigt und wieder verbunden. Das verhinderte zumindest, dass es zu eitern begann. Die Wunde heilte auch allmählich ab, jedoch die Kniescheibe selber war so übel geprellt, dass sie mir viele Probleme bereitete, und es schmerzte sehr, doch ich verbiss es mir zu klagen. Wenn es zu arg wurde und ich zu sehr humpelte, nahm sie mich einfach auf den Arm und trug mich weiter. Ich legte meine dünnen Arme um ihren Hals und so begann unsere große Zuneigung zueinander, die uns nie mehr losließ.

Trafen wir auf andere Flüchtlinge, hatten wir keine Mühe uns als Mutter und Sohn auszugeben. Das glaubte uns jeder, wir glaubten inzwischen beinahe selber daran, so vertraut waren wir miteinander. Wir bettelten bei Bauern in den Dörfern um Essen, wir hatten ja nichts mehr und es gab keine Gelegenheit, uns welches zu beschaffen. Mache gaben uns etwas, andere verjagten uns. Vielleicht waren sie einfach bösartig, oder sie hatten selber nichts mehr und waren auch am Ende. Es werden ja nicht nur wir gebettelt haben. Das Heer der Flüchtlinge, damals noch nicht ganz so groß wie einige Wochen später, machte den Leuten bereits zu schaffen. Darüber dachten wir im Grunde nicht nach, wir waren allmählich völlig apathisch geworden. Dennoch waren unsere Sinne geschärft und auf unsere Sicherheit trainiert.

Wir schleppten uns wieder in die Wälder, mühten uns hungernd und frierend vorwärts und kamen nach sechs harten Wochen endlich hier an. Ich halte es noch immer für ein großes Wunder, dass wir diese Strapazen in der elenden Kälte überlebt haben. Als ich damals dieses Haus zum ersten Mal sah, war es mir wie eine Burg vorgekommen. So mussten sich wohl früher die Ritter nach schwerem Kampf gefühlt haben, wenn sie sich in den Burghof schleppten. Keine Kraft, völlig erledigt, aber wissend, sie waren in Sicherheit.

Verfroren, beinahe verhungert, völlig entkräftet, schmutzig und mit zerrissenen Sachen tauchten wir auf. Eine alte Tante von Großmutter lebte noch im Haus und fiel beinahe in Ohnmacht, als wir plötzlich nachts um drei Uhr vor der Tür standen. Sie öffnete erst nachdem Großmutter beinahe die Tür eingeschlagen hatte einen kleinen Spalt und spähte hinaus. Eine kleine Laterne leuchtete mit einem Funzellicht, glimmte nur durch den Spalt. Und doch reichte es offenbar aus. Böses erwartend, schrie sie dann jubelnd auf, riss die Tür weit auf, fiel Großmutter laut weinend um den Hals und hätte sie damit beinahe umgerissen, denn viel Kraft hatte die nicht mehr. Ich stand mit großen Augen da und sah von einer zur anderen. Die Laterne mit ihrem schwachen schein schwankte in Tantes Hand hin und her und sie hielt Großmutter fest im Arm.

Beide weinten heftig, also fing ich auch an zu weinen. Es waren die ersten Tränen, die wir seit der Flucht vergossen hatten. Das brachte sie sofort zur Besinnung. Großmutter legte mir die Hand auf den Kopf und sagte zu ihrer Tante Alma, ‚das hier ist mein kleiner Martin‘. Tante Alma schob sie resolut in die Diele, stellte die Laterne ab und hob mich auf die Arme, herzte und küsste mich, dass mir beinahe die Luft weg blieb und trug mich ins Haus. Die Tür wurde geschlossen und wir waren in Sicherheit.

Ich kann dir dieses Gefühl gar nicht beschreiben. Es war, unfassbar schön. Da war ein Haus, in dem wir bleiben konnten, in dem wir willkommen waren. Es war warm, es gab eine heiße Suppe und trocken Brot, ich saß in der Küche neben einem warmen Herd. Die Mahlzeit war spartanisch, doch für uns war sie ein Festmahl. Ich bekam nach Wochen zum ersten Mal ein Bett mit warmer Zudecke. Eine ausreichend warme Decke gab es im Heim auch nicht für uns. Immer froren wir im Winter in unseren Betten. Eine Wärmflasche lag an meinen Füßen, es war der Himmel auf Erden. Ich war so erschöpft und so glücklich, dass ich eine Nacht und einen ganzen Tag durchgeschlafen habe. Abends erwachte ich, aß ein wenig Suppe und schlief gleich weiter. Wieder mit einer Wärmflasche an den Füßen und warm zugedeckt. Welch ein Luxus!

Ich wusste, dass uns hier niemand schaden würde, mein gestresster Körper konnte sich endlich entspannen. Und hier habe ich die Liebe gefunden, die ein Kind zum Leben braucht. Eine liebevolle Mama und Großtante, die mich behütet haben und mir alle Sicherheit gaben, die notwendig ist, um geborgen aufzuwachsen.

Tante Alma war die Einzige, der Großmutter das Geheimnis anvertraute. Sie war schon immer eine wichtige Angehörige für sie gewesen und sie hatte ihren Verstand beisammen. Sie war absolut derselben Ansicht wie deine Großmutter, dass es das Beste wäre, ich bliebe ihr Sohn. Trennen würden wir uns ohnehin nicht mehr wollen und bevor irgendwelche Behörden Ärger machen könnten, meldete sie mich als ihren Sohn, Martin Seeberg, geboren am 5. Oktober 1939 in Danzig, an. Sie gab als genauen Ort der Geburt das abgebrannte Krankenhaus an, denn von dort würden niemals irgendwelche Unterlagen kommen. Man nahm das im Rathaus ohne Bedenken auf, wir waren nicht die einzigen Menschen, die ihre Papiere verloren hatten. Und Großmutter war im Ort ja bekannt, ihre Heiratsurkunde war dem Amt zugesandt worden. Somit war es nicht verwunderlich, dass sie nun mit ihrem Sohn aus Schlesien gekommen war. Niemand war auch nur im Geringsten Misstrauisch Das war der leichteste Teil der Geschichte und unserer Flucht.

Die Jahre nach dem Krieg waren hart und entbehrungsreich. Wir aber hatten wenigstens ein Zuhause. In den zerbombten Städten hausten unzählige Menschen zwischen den Ruinen und mussten sich notdürftig ein Dach über den Kopf basteln und an einem offenen Feuer sitzen und das in diesem schrecklichen Winter. Auch da gab es immer wieder Tote in der Kälte und auch durch den Hunger. Es gab unbeschreibliches Leid. Wir aber brauchten nicht mehr zu frieren, wir hatten ein Bett zum schlafen und eine warme Küche, die damals der Raum war, in dem sich unser Leben abspielte. Das war Luxus für sehr viele Menschen in der Zeit und ich war mir dessen sehr wohl bewusst.

Mama und ich waren früh als Schlesien weg gegangen und mussten schon sehr frieren. Viele Menschen hatten länger gewartet, oder wurden von dummen Ortsvorstehern an der Flucht gehindert, die in dem Wahn vom Endsieg schwelgten. Im bitterkalten Winter 1945 kamen dabei dann viele durch die Kälte um. Viele wurden beschossen, von den russischen Truppen eingeholt und angegriffen. Gräueltaten an wehrlosen Flüchtlingen waren an der Tagesordnung. Im Krieg verlieren die Menschen den Verstand und zwar auf allen Seiten.

Wer weiß schon, wie viele Flüchtlinge unterwegs erforen, ermordet oder nach Sibirien in die Arbeitslager verschleppt wurden und dann dort elend umgekommen sind. Das war uns alles erspart geblieben. Als der bitterkalte Winter 1945 mit -20° kam, waren wir schon zuhause.

Wir konnten nur die Küche einigermaßen heizen wenn wir kochten und stellten unsere Betten dort auf. Holz reichte nicht für alle Räume und Kohlen gab es keine. Die unbeheizten Zimmer waren so eiskalt, dass wir darin nicht einmal schlafen mochten. Wir hatten genug von Kälte. Da war die Enge mit den Betten in der Küche allemal besser. Das störte uns nicht. Im Gegenteil, es hatte für uns etwas Gemütliches, Geborgenes, genau das, was Großmutter und ich auf der Flucht so sehr vermisst hatten. Abends, wenn die Fensterläden geschlossen waren und der eisige Sturm ums Haus heulte, erinnerten wir uns, wie wir in den Wäldern unter eisigem Wind gelitten hatten. Nun waren wir davor geschützt, das war wunderbar.

Noch heute ist im Bett eine Wärmflache an den Füßen im Winter für mich etwas Wunderbares, obwohl unser Haus ja nun schon lange nicht mehr eiskalt ist. Wir drei in der Küche in unseren dicken Federbetten entbehrten viel, denn meistens hatten wir Hunger. Trockenes Brot und Wasser waren schon gut, und wenn wir eine Suppe oder mal eine Mehlspeise hatten und vielleicht etwas Milch, das war etwas Schönes. Wenige Gläser mit eingewecktem waren noch im Keller und wurde eines davon geöffnet, war das wie ein Fest. Aber dieser kleine Vorrat reichte nicht weit. Satt wurden wir nur selten, aber wir brauchten nicht zu frieren, waren zuhause und in Sicherheit. Nach der furchtbaren Flucht durch Kälte und in ständiger Bedrohung für unser Leben waren ein warmes Bett und Sicherheit das Größte für uns. Ließ die Wärme aus dem Ofen nachts nach, schliefen wir mit Wollmützen, aber doch warm zugedeckt. Mein Bett in der Küche, das war für mich wie eine Burg und dann noch mit Mama und Tante zusammen sein zu können, das war Geborgenheit wie ich sie bis dahin nicht gehabt hatte.

Mama hat mir viel vorgelesen in der Zeit. War es dunkel haben wir erzählt, und wir haben auch gemeinsam gesungen, oder wenn es möglich war, Radio gehört. Hatten wir gekocht und das Holz war wieder einmal knapp, ging das Feuer bald aus. Dann gingen wir ins Bett. Wenn Mama dann vorgelesen hat, krochen Tante und ich beinahe bis zur Nasenspitze in unsere Federbetten und hörten zu. Mama, die ja nicht so weit unter das Bett rutschen konnte, zog eine Strickjacke und Handschuhe an, um das Buch halten zu können, und hatte einen Schal um, denn die Küche kühlte bald aus, war das Feuer ausgebrannt. Holz speichert die Hitze nicht wie Kohlen. Aber auch das machte uns nichts aus. Wir wussten uns ja zu helfen, hier zuhause und ganz so kalt wie die anderen Zimmer war die Küche doch nicht. Bei allen Schwierigkeiten die wir hatten, ich war glücklich.

Da ich nun nicht mehr immerzu laufen musste, erholte sich mein Knie allmählich. Die Schmerzen ließen nach, das war gut, denn ich hatte viel ausgehalten damit. Aber ich wurde immer schnell müde. Mein Körper erholte sich nicht so rasch von den großen Strapazen und ich schlief viel damals. Mama erging es ähnlich. Auch trug der Hunger nicht dazu bei, dass wir schnell zu Kräften kommen konnten. Das brauchte alles viel Zeit.

Oftmals wurde der Strom abgestellt. Passierte das abends mussten wir eine Kerze anzünden. Eine einzige, mehr ging nicht, denn Kerzen waren Mangelware. Sie wurde nur angezündet, wenn wir wirklich etwas sehen mussten, z.B. beim kochen. Sonst blieb man in der Dunkelheit und wartete ab, ob das Licht wieder angestellt würde. Schon die Benutzung eines Streichholzes musste überlegt werden, denn auch die gab es kaum noch.

Durch die Kälte froren die Rohre im ungeheizten Bad ein. Wanne und Toilette waren unbenutzbar geworden. Schon seit längerer Zeit hatten wir einen Eimer für unsere Notdurft benutzt und den dann im Garten in einer Ecke entleert. Wir mussten uns damit begnügen, uns in den nächsten zwei Jahren in der Küche zu waschen, denn an eine Reparatur konnte man gar nicht denken. Es gab weder Material, noch Handwerker dafür. In den meisten Häusern im Ort war das so passiert. Ein freundlicher Nachbar half uns im Frühjahr, eine Grube im Garten auszuheben und mit einem Bretterverschlag notdürftig zu umbauen. Das war unsere Toilette in der Zeit. Es zog darin und wenn es regnete wurde man nass, denn das Dach war mehr als dürftig und wies viele Lücken auf. War es sehr windig, hatten wir immer Sorge, dass der Verschlag zusammen fallen würde, aber er blieb zu unserem Erstaunen doch stehen, so sehr er auch wackelte. Nur bei warmem Wetter war es besser, aber dann war der Gestank schlimmer als sonst. Doch das ertrugen wir nach den Wochen der Flucht, ohne zu klagen.

Als Mama und Tante anfingen im Frühling, den Garten zu bestellen, lernte ich das auch. Gemüse anbauen zu können, das bedeutete, nicht mehr so viel hungern zu müssen. Man half sich gegenseitig mit Saatgut aus, die Nachbarschaft hielt zusammen. Alles, was wir nicht verbrauchten, wurde eingeweckt, damit wir im nächsten Winter etwas Gemüse hatten. Das hatte uns dann auch geholfen, nicht wieder ganz so viel hungern zu müssen. Und Obstbäume waren auch da. Kirschen und Pflaumen, Äpfel und Birnen wurden verarbeitet und halfen uns durch die schlechte Zeit zu kommen. Zucker gab es kaum und später dann auf Zuteilung. Obst ohne Zucker eingeweckt, würde heute wohl niemand mehr essen mögen. Für uns war es etwas Gutes. Und manchmal hatten wir ja Zucker und konnten es nachsüßen.

Meine Kleidung bestand aus umgearbeiteten Sachen der Eltern von Großmutter, aber ich war stolz darauf. Deine Großmutter konnte wunderbar und geschickt nähen und ich war immer gut eingekleidet. Aus alten Stricksachen wurden mit der aufgeräufelten Wolle Pullover Mützen, Schals und Handschuhe für mich gestrickt. Für die damalige Zeit war das ein Luxus. Schuhe tauschte deine Großmutter für mich gegen Obst und Gemüse ein. Für Geld gab es die nicht, Lebensmittel waren wertvoller. Aber ich musste nie barfuß gehen. Viele Kinder hatten das alles nicht.

Als dann dein Großonkel aus der Kriegsgefangenschaft kam, war es keine Freude für die beiden Frauen als er auftauchte, obwohl sie ihm natürlich auch nicht den Tod im

Krieg gewünscht hatten. Er war ein unfreundlicher Mann und sichtlich wenig begeistert von mir. Tanke Alma setzte ihm derart den Kopf zurecht, dass er mir zumindest aus dem Weg ging und mich nicht beschimpfte. Sie liebte mich, wie Mama auch, ich war ihr Großneffe und sie war über die Art, wie er mich behandelte sehr böse.

Er war ein übler Mensch und hatte schon immer nur seinen Vorteil im Blick. Das Testament seiner Eltern hatte ihn sehr erzürnt. Er hatte Bargeld geerbt und das war durch den Krieg verloren, das Haus jedoch stand und das gehörte nun seiner Schwester. Er gönnte es ihr nicht. Die Eltern hatten ihn gekannt und wussten, er würde das Haus verscherbeln sobald es möglich war. Und genau dafür wollte er es nun auch haben. Er hatte ja sein Geld verloren und glaubte, deshalb würde ihm das zustehen, aber er hatte kein Glück mit seinen Bemühungen. Das alles trug nicht dazu bei, dass sich die Geschwister zugetan waren. Die Entfremdung war sehr groß, es gab viel Streit in der Zeit.

Saßen wir zum Essen am Tisch, bediente er sich maulfaul und nahm seinen Teller mit in sein Zimmer. Mit uns mochte er nicht zusammen essen. Er fehlte uns am Tisch wahrlich nicht, aber die Stimmung im Haus litt sehr unter seiner Anwesenheit. Das belastete mich, denn ich liebte meine Mama und hasste den Onkel dafür, dass er mit ihr stritt. Tante Alma tröstete mich und erklärte mir, dass die Mama doch die Stärkere von beiden sei und ihre Wortgefechte gewann sie ja auch immer. Er war ein Tölpel in Benehmen und seiner Wortwahl. Sie hatte keine Mühe, ihn Mundtot zu machen.

Dann heiratete er die Tochter des Gutsherrn, der nun auch kein Gutsherr mehr war, aber doch das große Haus besaß. Wir atmeten auf, als er endlich bei uns auszog. Niemand vermisste ihn. Seine Ehe wurde nicht glücklich, aber es ging eine Tochter daraus hervor. Auch sie wurde durch den Einfluss des Vaters eine unangenehme Person, die nur ihren Vorteil suchte, ewig unzufrieden war, ständig nörgelte und für die Geld das wichtigste im Leben blieb. Sie heiratete nie, wollte ihren Besitz für sich allein behalten. Ich glaube auch nicht, dass sich jemals ein Mann wirklich um diese zänkische Person bemüht hätte. Zeit ihres Lebens hatte sie nur ein Interesse, und das war sie selber und ihre Bequemlichkeit, und vor allem ihr Geld und Besitz. Ich empfand sie immer als eine armselige Gestalt, denn jemand der keine Freude hat an den kleinen Dingen auf der Welt, der ist doch armselig. Mir war immer klar, wie klug Mama gehandelt hatte, dass sie diesen Verwandten meine wirkliche Herkunft verschwieg.

Ich hatte eine glückliche Kindheit bei meiner Mutter. Mein Leben hatte in der Scheune damals eine Wendung genommen, die ich mir zuvor nur erträumen konnte. Sie zeigte mir die Freude an den kleinen Dingen des Lebens und das begleitet mich bis heute. Ein Tautropfen am Morgen, eine aufblühende Blume oder die freundliche Geste eines Mitmenschen, das sind wertvolle Augenblicke, die man genießen kann und die zum Glück im Leben beitragen. Dir habe ich das auch gezeigt und es macht mich sehr froh, dass du das nie verloren hast.

Uns ist es ja in letzten Jahrzehnten wirklich gut gegangen. Ich kann mich nicht beklagen und bin sehr dankbar dafür. Dennoch ist es mir niemals selbstverständlich geworden, ein Dach über dem Kopf zu haben. Genauso wie ein warmes Haus, eine kräftige Suppe zum Mittag oder nur einen heißen Tee. Das alles sind für mich bis heute Geschenke geblieben, die ich mit Freude und Dankbarkeit annehme. Und ich gehe niemals bei Schnee und Kälte durch den Wald, egal wie schön andere Menschen das jetzt finden.

Die Zeit der grausamen Flucht hat mein gesamtes Leben geprägt."

Vater hatte seine Erzählung beendet und wir waren für einige Momente still. Der Weihnachtsbaum leuchtete, das Kaminfeuer knisterte und wärmte uns, der Wein schmeckte gut. Ich sah ihn an, dann stand ich auf und umarmte ihn.

„Vater, das ist so wunderbar was dir und Großmutter passiert ist. In dieser schweren Zeit habt ihr durch eure Begegnung das Glück gefunden. So kann man es doch sagen. Ihr seid beide einsam und traurig gewesen und eure Zusammentreffen in der Scheune hat das geändert. Das ist wirklich ein Wunder. Und ob es nun meine leibliche Familie war oder auch nicht, Großmutter war die liebste Oma, die man sich als Kind nur wünschen kann."

„Ja, ob als meine Mutter oder deine Oma, sie war eine Frau, die man nur liebhaben konnte. Ohne sie wäre ich elendig auf der Flucht umgekommen. Niemals hätte ich das allein geschafft. Ich habe ihr so viel zu verdanken und das habe ich nie vergessen. Und sie hatte recht mit dem Haus, denn eines Tages wirst du es einmal erben und ich weiß, dass du es genauso liebst wie wir alle auch. Auch du kannst es später vererben. Lukas ist immer gern hier, auch er wird es lieben. Unser Zuhause bleibt in der Familie, so wollte sie es und so soll es sein."

Die Schilderung meines Vaters hatte mich sehr berührt. Beinahe hatte ich das Gefühl von Kälte gespürt, die sie beide in den Wäldern hatten aushalten müssen. Wie viel Tapferkeit hatten sie aufbringen müssen, um diese elende Zeit auf der Flucht durchstehen zu können. Und er war doch noch ein kleiner Junge und zudem so verletzt. Ich war gerührt und dankbar dafür, dass sie es geschafft hatten.

Wir sahen ins Kaminfeuer und zum Weihnachtsbaum und waren über diesen ganz besonderen Heiligen Abend sehr froh. Wir hatten immer schon eine enge Bindung. Aber durch diese Erzählung war mir mein Vater noch näher gekommen. Eines Tages werde ich meinem Sohn Lukas davon erzählen, was sein Großvater und seine Urgroßmutter einst erlebt haben, und ich denke, ich werde es auch an einem Heiligen Abend tun.

****